당신이 있어 행복합니다

당신이 있어 행복합니다
방귀희 지음

초판 인쇄 | 2011년 6월 10일
초판 발행 | 2011년 6월 15일

지은이 | 방귀희
펴낸이 | 신현운
펴는곳 | 연인M&B
기   획 | 여인화
디자인 | 이수영 이희정
마케팅 | 박재수 박한동
등   록 | 2000년 3월 7일 제2-3037호
주   소 | 143-874 서울특별시 광진구 자양동 680-25호 (2층)
전   화 | (02)455-3987, 3437-5975 팩스 | (02)3437-5975
홈주소 | www.yeoninmb.co.kr
이메일 | yeonin7@hanmail.net

값 13,000원

ⓒ 방귀희 2011 Printed in Korea

ISBN 978-89-6253-097-1 03810

문화나눔 *이 책은 복권기금을 지원받아 발간되었습니다.

주최 문화체육관광부 한국문화예술위원회   후원 복권위원회

KBS-3R 〈내일은 푸른 하늘〉 30년 오프닝 collection

당신이 있어 행복합니다

방귀희 지음 | 예손 그림

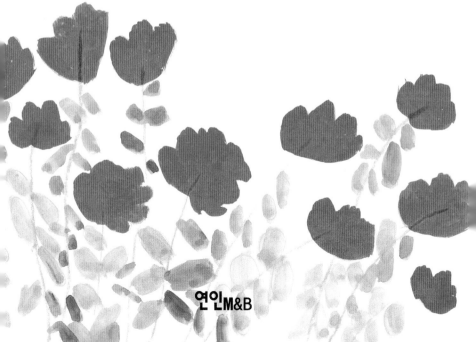

연인M&B

최선을 다했습니다

'귀하는 우리나라 유일의 휠체어 방송작가로 KBS-3R 〈내일은 푸른 하늘〉을 30년 동안 집필하면서 장애인복지 현장을 방송으로 연결하여 〈내일은 푸른 하늘〉을 우리나라 대표 장애인 전문 방송 프로그램으로 자리매김하게 하였기에 〈내일은 푸른 하늘〉 30주년을 맞아 감사를 전합니다.'

KBS 김인규 사장으로부터 감사패를 받았다. 올해로 방송작가 경력 30년이다. 인기 드라마 작가도 아니고 프로그램 이름을 말하면 '아, 그거!' 하면서 알아 주는 프로그램을 집필한 것은 아니지만 나는 KBS라디오에서 가장 인기 없는 장애인 대상 프로그램인 〈내일은 푸른 하늘〉을 30년 동안 붙들고 있었다. 그러자한 프로그램을 30년 동안 집필한 작가라는 새로운 기록을 세우게 되었다.

나는 왜 그토록 〈내일은 푸른 하늘〉을 고집했던 것일까? 그것은 내 자신이 휠체어를 사용하는 장애인이기 때문이다. 장애인

에게 무엇이 필요한지 너무나 잘 알고 있기 때문에 장애인을 가장 고통스럽게 하는 것이 무엇인지를 뼈저리게 느끼고 있기에 방송을 통해 그 고통을 덜어 주고 그 욕구를 채워 주며 세상이 변화하도록 만들고 싶었다.

방송은 세상을 바꾸는 강력한 힘을 갖고 있어 그 일이 가능했다. 30년이 지난 지금 장애인에게 굳게 닫혀 있던 세상이 조금씩 열리고 있는 것이 사실이다. 그 변화 속에 내가 있었다는 것을 자랑스럽게 생각한다.

〈내일은 푸른 하늘〉 30년, 그동안 10,950회가 방송되었다. 출연자만 해도 3만 명이 넘는다. 그 가운데 장애인 출연자는 1만여 명 대한민국에서 장애인으로서 성공적인 삶을 살았던 사람은 〈내일은 푸른 하늘〉에 거의 출연했다.

〈내일은 푸른 하늘〉 30년을 제작하기 위해 PD는 27명, MC는 8명이 참여했다. 〈내일은 푸른 하늘〉을 8년 동안 맡아하시며 30

년의 기반을 마련해 준 신행식 국장님, 사랑의 소리방송 개국부터 어려운 시기를 함께해 준 이정연, 주미영 팀장님 그리고 〈내일은 푸른 하늘〉 30주년을 함께한 27번째 막내 박천기 PD는 〈내일은 푸른 하늘〉에 새로운 활력을 불어넣어 주며 세상을 깜짝 놀라게 할 모종의 프로젝트를 지금 진행 중이다.

〈내일은 푸른 하늘〉 MC를 하면 친(親)장애인파가 된다. 얼마 전 이금희, 박영주 아나운서는 한 점자도서관 개관에 고가의 점자프린트를 사서 기증했다. 정용실, 성기영 아나운서는 〈내일은 푸른 하늘〉 일이라면 언제나 두 팔을 거둬 붙이고 나선다. 현재 〈내일은 푸른 하늘〉을 진행하고 있는 범효춘 선생님은 장애인

출연자들에게 사랑을 쏟고 있다.

〈내일은 푸른 하늘〉 30년, 애청자는 450만 장애인, 그 가족 그리고 장애인복지 종사자까지 합하면 대한민국 국민 절반 이상일 것이다.

우리나라 최초이자 유일의 장애인방송 〈내일은 푸른 하늘〉이 있어 장애인은 행복할 수 있었다고 자부한다. 그리고 KBS도 〈내일은 푸른 하늘〉이 있어 공영방송으로서의 부끄럽지 않았을 것이다.

이런저런 유혹을 뿌리치고 〈내일은 푸른 하늘〉 30년을 지켜낸 내 선택이 옳았다. 난 당당하게 말할 수 있다.

"최선을 다했습니다."

2011년 초여름

방귀희

| 차례 |

제2장 선(善)

제3장 미(美)

제1장 진(眞)

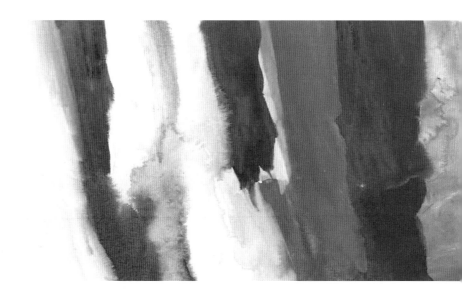

위인들의 공통점

오늘날까지 존경을 받고 있는 위인들의 공통점을 찾아보면요, 아주 밝은 성격의 소유자였다고 해요. 명예나 권력을 갈망하지 않고 자신의 삶을 즐기고 사소한 일에 만족할 줄 알았던 겁니다.

셰익스피어나 세르반테스, 그리고 밀턴은 장애를 갖고 있었지만 늘 유쾌한 생각만 했구요, 몽테뉴나 루터는 암울한 사회 속에서도 긍정적인 사고로 희망을 만들어 갔습니다. 그리고 레오나르도 다빈치나 미켈란젤로 역시 밝은 성격으로 자신의 일에 만족하며 작품에 몰두했죠.

작가 새무얼 스마일즈가 위인들의 전기를 분석해서 이런 결론을 내린 것인데요. 밝은 성격 때문에 긍정적인 생각을 하게 되고 긍정의 힘이 일에 대한 에너지를 만들어 냈던 것이 아닐까 싶어요.

유쾌한 사람이 되려고 노력했으면 합니다.

행복한 가정에 있어야 할 5요소

　행복한 가정이 되기 위해 필요한 다섯 가지 요소가 있다고 합니다.

　우선 이해가 있어야 한다고 해요. 서로를 이해하지 않으면 가족들이 반목하는 일이 생기기 때문이죠. 그리고 용서가 있어야 한다고 합니다. 가족이 용서하지 않으면 남들의 용서를 받기는 더욱 힘들거든요. 또한 가정에는 유머와 안식이 있어야 한다고 해요. 재미있는 얘기로 웃음꽃을 피우면서 긴장된 마음을 풀어주구요, 편안하게 쉴 수 있는 안식이 있어야 한다는 거예요. 끝으로 가정에는 희망이 있어야 한다고 해요. 지금 당장 힘들더라도 잘될 것이라는 희망이 있으면 가정이 행복해질 수 있습니다.

　어떠세요? 이해, 용서, 유머, 안식, 희망 이들 다섯 가지로 행복한 가정을 가꾸어 가시기 바랍니다.

김형태 꽃

용감한 사람은 관대하다

용감한 사람은 관대하다고 합니다. 아무리 적이라 해도 약점을 이용해서 공격하는 비열한 행동을 하지 않는다고 해요.

한 전투에서 프랑스 기병 대대가 영국군을 공격하고 있었는데요, 프랑스군 장교는 영국 지휘관을 공격하려다가 그가 한쪽 팔밖에 없는 것을 보고 영국 지휘관에게 정중히 목례를 하고 지나쳤다고 합니다.

영국 지휘관은 한쪽 팔로 싸움을 해야 하기 때문에 두 팔로 싸우는 사람보다는 훨씬 불리하다는 판단 때문이었죠. 한쪽 팔의 약점을 이용해서 공격을 하는 것은 비열한 행동이어서 용감한 사람은 그런 행동을 할 수 없었던 거예요.

상대방의 약점에 관대한 것이 진정한 용기입니다.

김효진 잎사귀

대기만성의 성공

　사상가 칸트는 말년에 시각장애를 갖게 됐죠. 칸트는 위대한 사상가였지만 대학을 마친 후 15년 동안이나 시간강사 생활을 했다고 해요. 그는 46세에야 정식 교수가 될 수 있었어요. 그는 철학 강의 외에 수학, 물리학, 지리학 등 다양한 과목을 가르쳤는데요. 시간강사였기 때문에 자기가 원하는 과목만 가르칠 수 없었기 때문이죠. 하지만 이것이 다양한 분야에서 방대한 지식을 갖게 했어요. 칸트의 철학서가 세상 밖으로 나온 것은 그의 나이 57세 때였습니다. 그때 비로소 「순수이성비판」이란 그의 대표작이 발표됐죠.

　우리는 뭔가를 빨리 이루려고 하는데요. 칸트 같은 대학자도 시간강사 생활을 오랫동안 했고 요즘이면 퇴직할 나이가 되어서야 자신의 학문의 꽃을 피우게 됩니다. 칸트는 말년에 시각장애로 집필 활동을 하지 못했지만 자신의 연구를 되새기며 주옥 같은 명언을 남겼습니다.

　조급하게 서두르지 말고 한 단계 한 단계 발전하는 것이 더 원숙한 경지에 오를 수 있다는 생각이 듭니다.

부끄러움도 장점이다

뉴턴은 부끄러움이 아주 많은 성격이었다고 해요. 그는 유명해지는 것이 두려워서 자신의 위대한 발견 가운데 어떤 것은 한동안 비밀로 했다고 합니다. 어떤 연구는 자신의 이름을 게재하지 않을 것을 부탁하기도 했을 정도였죠.

셰익스피어도 수줍음을 많이 탔다고 해요. 그는 사람들이 그를 주목하자 런던에서 모습을 감췄어요. 셰익스피어는 여생을 조그만 도시에 묻혀 살았는데요, 그 이유는 사람들을 만나기 싫었기 때문이라고 하네요.

그리고 시인 바이런도 수줍음을 타는 성격이었죠. 그는 큰 길로 다니지 않고 골목길로 돌아다녔는데요, 자신이 걷는 모습을 다른 사람들에게 보이기 싫어서였죠. 바이런은 다리를 몹시 저는 장애를 갖고 있었거든요.

부끄러움이 많았던 이들이 성공한 것은 혼자 있는 시간에 자신의 일에 몰두할 수 있었기 때문이죠. 수줍음도 좋은 장점이 될 수 있다는 것을 알 수 있습니다.

윤주현 얼룩말과 꽃동산

서로 칭찬하기

모차르트는 베토벤의 음악을 처음 듣고 이렇게 말했다고 해요. "저 젊은이에게 귀를 기울이시오. 저 사람은 분명 세계적으로 유명한 사람이 될 것이오." 그리고 하이든은 모차르트에 대해 이렇게 말했다고 해요. "모방할 수 없는 모차르트 음악으로부터 즐긴 감동을 많은 사람들에게 전하는 것이 나의 유일한 소망입니다."

서로 경쟁자 관계에 있는 사람을 이렇게 높이 평가해 준다는 것, 정말 멋있어 보이죠. 질투는 옹졸한 사람들이나 하는 것이고, 위인은 서로를 사랑한다는 것을 알 수 있습니다. 상대방의 능력을 인정해 주고 아껴 주는 태도가 서로를 최고의 수준으로 이끌지 않았나 싶습니다. 이렇게 서로 칭찬하며 격려해 주는 것이 진정한 경쟁이 아닌가 싶습니다.

완성은 동그라미

　우리는 뭔가를 빨리 완성시켜야 한다는 초조한 생각을 하고 있죠. 하지만 완성이란 서두른다고 이루어지는 것이 아닙니다. 완성은 성숙해 가는 과정이지 성공을 뜻하는 것은 아닌데요, 사람들은 완성을 성공으로 생각하기 때문에 완성에 대해 초조해합니다.

　완성은 탑을 쌓는 것이 아니라 동그라미를 그리는 것이 아닐까 해요.

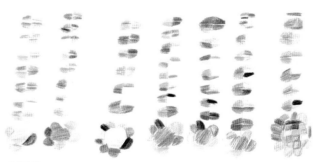

송희중 꽃

분필 공장의 성공

　요즘은 분필 사용이 많이 줄었지만요, 아직도 칠판에 분필로 판서를 하는 학교가 있는데요. 일본에 아주 유명한 분필 공장이 있습니다. 이 공장에는 직원 70% 이상이 지적장애인이라고 해요.

　이 회사 대표는 오야마 야스히로 회장인데요, 오야마 회장이 장애인을 처음 고용한 것은 1960년이라고 해요. 회사 근처에 있는 특수학교 교사가 와서 간청을 하는 바람에 할 수 없이 장애인을 고용했지만요, 식사 시간까지 잊어 가며 열심히 일하는 모습에 감동을 받아 장애인 고용을 늘려 가기 시작했죠.

　오야마 회장이 친환경 분필을 개발하면서 회사가 급속히 성장을 했는데요, 인력 보강을 지적장애인으로 했어요. 오야마 회장은, 지적장애인이 일하는 데 불편이 없도록 설비를 개발하고 작업 공정을 단순화시켰는데 그 결과 지적장애인의 일의 능률이 비장애인과 똑같아졌다고 합니다.

　오야마 회장은, 지적장애인 직원들 때문에 회사가 성공할 수 있었다고 자랑을 하는데요, 지적장애인 고용에 성공한 일본 분필 회사가 장애인 고용의 세계적인 사례가 되고 있는 것은 자랑스런 일입니다.

김효진 집, 자동차

뇌성마비 철학자
졸리앙이 말하는 장애

고대 철학자 이름은 줄줄이 외우면서 현대 사회에서 활동하고 있는 철학자에 대해서는 조금 무심한 경향이 있죠. 우리가 꼭 기억했으면 하는 철학자가 있어요. 1975년 스위스에서 태어난 알렉상드르 졸리앙이라는 사상가인데요. 그는 「약자의 찬가」나 「인간이란 직업」이란 철학서로 큰 반향을 불러일으켰죠.

졸리앙은 뇌성마비 장애를 갖고 있는데요, 장애 때문에 생기는 인간적 갈증을 해소하고 싶어 철학에 빠졌다고 말합니다. 한 신문사에서 졸리앙을 소개하면서 장애인 철학자로 소개한 것을 보고 우울해졌다고 해요. 자신의 글에서 장애의 증거만을 찾아내 기억하는 것이 두려웠기 때문이죠. 하지만 졸리앙은 지금은 장애를 숨기지 않고 장애가 자신을 성찰할 수 있는 계기가 되었다고 당당히 말하고 있어요.

남들과 다르다는 이유로 생겨나는 고통의 문제를 풀기 위해, 졸리앙은 지금도 철학적 사고를 계속하고 있다고 해요. 졸리앙은, 완전과 불완전은 개체를 비교함으로써 습관적으로 만들어낸 개념이라고 했습니다. 비교를 하지 않으면, 완전한 것도 불완전한 것도 없다고 합니다. 비교를 해서 차이를 만들어 내기 때문에 결핍이 눈에 보이게 되고, 결핍 때문에 소외를 당하는 일이 생기는 것이라고 말합니다.

졸리앙은 또 이런 말도 했습니다. "나는 존재한다 고로 나는 완벽하다."라고 말입니다. 존재한다는 것은 신성한 것입니다. 그래서 완벽하다는 것이죠. 따라서 존재하는 것을 놓고 완전하다, 불완전하다 평가해서는 안 됩니다. 졸리앙은 장애를 갖고 있기 때문에 장애인에 대한 인식을 철학적으로 풀어내지 않을까 싶은데요, 앞으로 졸리앙의 철학에 많은 관심을 가졌으면 합니다.

　베이컨 "아는 것이 힘이다.", 데카르트 "나는 생각한다 고로 존재한다.", 소크라테스 "너 자신을 알라." 이런 명언과 함께 졸리앙의 "나는 존재한다 고로 나는 완벽하다."를 기억했으면 합니다. 그러면 사람을 비교하며 평가하는 일은 없어질 것입니다.

　장애, 비장애 그것을 완전, 불완전으로 구분지어서는 안 된다는 것이 뇌성마비 철학자 졸리앙의 철학입니다.

힘의 논리에서 나온 차별

「걸리버 여행기」에 보면 소인국과 거인국이 나오는데요, 그 두 나라에서 걸리버는 서로 다르게 인식된다는 것에 주목을 해 볼 필요가 있어요.

소인국에 사는 소인족은, 걸리버를 자신의 생명을 위협하는 존재로 생각하고 팔과 다리를 모두 묶어 버리죠. 하지만 거인국에 사는 거인족은 걸리버를 신기하게 보면서 걸리버에게 서커스단 공연을 시킵니다. 소인국에서는 걸리버가 자기보다 힘이 세기 때문에 경계를 하구요, 거인국에서는 걸리버가 자기보다 힘이 약하기 때문에 얕잡아 본다는 것을 알 수 있습니다.

「걸리버 여행기」에 나오는 이런 인식이 강자와 약자 속에서 우리가 어떻게 살아가고 있는지를 잘 말해 주고 있지 않나 싶어요. 서로 다르다는 것을 인정한다면, 다르다는 것을 이렇게 심각하고 신기하게 받아들이지 않을 거예요. 사람은 서로 다 다르기 때문에 다름이 차별의 이유가 되어서는 안 되겠죠.

인생의 가장 큰 낭비

사상가 존 탑이 한 이 말이 가슴에 와 닿더군요.

"나는 한 해를 보내고 나이를 한 살 더 먹을 때마다 생각한다. 인생에 있어서 가장 큰 낭비란 사랑하지 않는 것이다."

어떠세요? 우리 모두 이런 생각을 하고 있지 않나 싶습니다. 사랑을 하지 않으면 인생을 낭비하는 것이 된다고 합니다. 아무리 퍼내도 마르지 않는 것이 사랑인데요, 사랑을 많이 베풀면서 살았으면 합니다.

하윤철 부활절

김형태 꽃

친절의 가치

　친절의 가치는 어느 정도일까요? 지방의 조그마한 호텔 직원이던 조지 볼트를 미국 최고급 호텔인 월도프 아스토리아 호텔 총지배인으로 만든 것은 다름 아닌 작은 친절 때문이었다고 해요. 조지 볼트가 지방의 작은 호텔에 근무할 때 있었던 일이죠.

　비가 오는 어느 날 새벽, 한 노부부가 조지 볼트가 일하고 있는 호텔로 들어와서 객실을 찾았어요. 하지만 그 호텔에는 남아 있는 방이 없었죠. 조지 볼트는 주위 다른 호텔에 전화를 해서 객실이 있는지를 알아봤지만 모두 예약이 된 상태였습니다. 그러나 조지 볼트는 이렇게 말했어요.

　"비도 오고 시간도 늦었는데, 누추하더라도 제 방에서 쉬시는 게 어떻겠느냐."고 말예요. 노부부는 조지 볼트의 친절에 감동을 받아 자신이 투자해서 지은 호텔 경영을 조지 볼트에게 맡겼던 것이죠. 만약 그날 객실이 없으니 곤란하다고 노부부를 내보냈다면, 조지 볼트는 호텔업에서 큰 성공을 거두지 못했을 거예요.

　친절의 가치가 얼마나 큰 것인지를 알 수 있는데요, 언제 어디에서나 친절을 보였으면 합니다.

인생의 사막을 건너는 방법

아무리 힘들어도 사막에서는 쉬어서는 안 된다고 하죠. 잠시 쉬었다 가야지 했다가는 갈증이 더 심해서 다시 걸을 수 없게 된다는 거예요. 살다 보면 끝이 보이지 않는 사막을 만나게 될 때가 있는데요, 아무리 힘들더라도 그 고통을 견뎌 내야지 포기하면 정말 낙오자가 되고 말지요.

힘들 때일수록 앞으로 나가야 한다는 것이 인생의 사막을 건너는 방법이 아닐까 합니다.

김효진 꽃

미소의 힘

우리 마음 상태가 가장 잘 표현되는 곳이 어디일까요? 바로 얼굴이라고 합니다. 왜냐하면 얼굴에는 표정이 있기 때문이죠. 마음 상태뿐 아니라 인격이 가장 잘 드러나는 곳도 얼굴이라고 해요. 얼굴에는 그 사람의 삶의 과정이 고스란히 담겨져 있기 때문입니다. 얼굴이 예쁘다, 못생겼다 하는 판단은 아주 표피적인 것이구요. 얼굴이 표현하고 있는 심리 상태와 인격을 살펴야 상대방을 제대로 파악할 수 있죠.

얼굴에 가장 쉽게 할 수 있는 화장은 미소가 아닐까 해요. 얼굴 근육을 조금만 움직이면 미소가 금방 생기는데요, 미소는 자신과 세상을 화해시키고 세상을 아름답게 만드는 신기한 힘을 갖고 있죠. 작은 미소 하나가 정말 큰 일을 하고 있다는 것을 알 수 있는데요, 우리는 미소에 너무 인색한 것이 아닌가 해요. 얼굴 가득 미소를 짓고 있으면 자기 자신도 그리고 우리 사회도 모두 행복해질 수 있을 거예요.

세 잎 클로버

오래된 책을 꺼내 보다가 책갈피에 꽂혀 있는 네 잎 클로버를 보았어요. 네 잎 클로버의 네 번째 잎은 행운을 뜻하죠. 하지만 행운은 쉽게 찾아오지 않아서 늘 갈증을 느끼게 합니다. 그런데 세 잎 클로버의 세 번째 잎이 무엇을 뜻하는지 아세요? 바로 행복입니다. 그러니까 세 잎 클로버만으로도 충분히 행복할 수 있다는 뜻입니다.

행운만 찾지 마시구요, 지금 자기가 가지고 있는 행복을 충분히 느껴 보세요.

가장 큰 공백

　인생에서 가장 큰 공백은 아는 것과 행동하는 것 사이라고 합니다. 우리가 아는 것을 행동으로 옮긴다면 우리는 정말 많은 일을 해낼 수 있을 거예요. 그런데 아는 것조차도 행동으로 옮기지를 않고 있기 때문에 능력을 발휘하지 못하고 있는 것이죠.

　아는 것과 행동하는 사이를 좁혀야 우리의 능력을 최대한도로 살릴 수 있지 않을까 싶습니다.

김효진 꽃

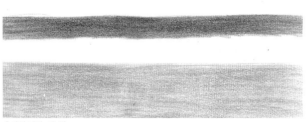

송석희 자연, 산, 집

11세 소녀의 자선 활동

보지도 듣지도 말하지도 못했던 헬렌 켈러를 '빛의 천사'라고 하죠. 평생 자신과 같은 처지에 있는 사람들을 위해 봉사하는 삶을 살았거든요. 헬렌 켈러가 11세 때 이런 일이 있었어요. 헬렌 켈러와 같은 장애를 갖고 있는 토미라는 어린이가 있었는데, 토미 엄마는 돌아가시고 아버지는 실직을 했다는 얘기를 들었어요. 헬렌 켈러는 설리반 선생님에게 토미도 말을 하고 글을 읽을 수 있도록 학교에 보내 달라고 했죠.

설리반 선생님은 토미를 학교에 보내려면 학비가 있어야 하기 때문에 선생님 힘으로 할 수 없다고 했어요. 그 말을 듣고 헬렌 켈러는 편지를 쓰기 시작했습니다. 토미를 학교에 보낼 수 있도록 도와 달라는 내용이었죠. 사람들은 헬렌 켈러의 간곡한 편지를 받고 후원금을 보내 주었어요. 그 후원금으로 토미는 보스톤에 있는 농학교에 갈 수 있었죠.

11세밖에 안 된 헬렌 켈러가 정말 큰일을 했는데요, 헬렌 켈러는 어렸을 때부터 어려운 사람을 보면 돕고 싶어 했다고 해요. 이렇게 돕고자 하는 마음이 있으면 이웃의 어려움들이 하나씩 해결될 수 있겠죠.

천재는 만들어진다

세계가 주목하고 있는 천재 조각가 이원형 씨 얘기가 화제가 되고 있죠. 부모는 있지만 뿔뿔이 다 흩어져 고아처럼 살았어요. 특히나 3세 때 앓은 소아마비로 몸이 많이 불편합니다. 그는 중학교 입학부터 신체검사 때문에 번번이 낙방을 했던 아픔이 있습니다. 친구를 따라간 미술학원에서 작품들을 본 순간 운명 같은 것을 느꼈다고 해요.

그의 작품은 거칠고 투박한 근육을 갖고 있지만 얼굴 표정에는 인간의 욕망이 섬세하게 흐르고 있다는 평을 받고 있는데요, 한국에서는 인정을 받지 못했어요. 이원형의 작품은 영국에서 주목하기 시작했고 지금은 미국, 캐나다 등 전 세계로 퍼져 나갔죠.

이원형 씨 인생은 실패도 많았지만 다양한 성공을 거두기도 했어요. 캐나다에서 대학원 공부를 마치고 공인회계사로 일하며 큰 돈을 벌기도 했거든요. 어렸을 때는 장애가 그의 앞길을 가로막기도 했지만 자기가 잘할 수 있는 일을 발견한 후로는 장애가 오히려 몰두할 수 있는 환경을 만들어 주었다고 말합니다.

이제 이원형 씨는 장애라는 수식어를 완전히 떼어 낸 세계적인 조각가가 됐는데요, 천재는 태어나는 것이 아니라 노력으로 만들어진다는 것을 알 수 있습니다.

꿈이 없으면 앞이 안 보인다

헬렌 켈러가 이런 말을 했습니다. "앞이 안 보이는 것은 시력이 없기 때문이 아니라 꿈이 없기 때문이다."라고 말입니다.

꿈은 삶에 대한 애정과 적극적인 사고, 그리고 긍정의 바탕 위에서 자란다고 해요. 우리 삶에 적극적이고 긍정적인 생각만 가진다면 우리 앞길이 훤하게 보인다는 얘기가 되겠지요.

꿈을 갖는 것이 무엇보다 중요하다는 생각이 듭니다.

하윤철 꽃

청각장애인 미스 프랑스

　우리나라에 아주 아름다운 극복을 이뤄 낸 프랑스 미인이 찾아왔어요. 청각장애인으로, 미스 프랑스 2위를 차지해 관심을 모았던 소피 부즐로인데요, 부즐로는 2007년 미스 프랑스대회에 나가서 2등을 했고, 미스 유니버스 대회에 프랑스 대표로 출전을 해서 세계적인 관심을 모았었죠.

　그녀는 지금 모델과 영화배우로 활약하면서 인기를 모으고 있는데요, 그 바쁜 가운데 장애인복지운동가로도 활동을 하고 있죠. 부즐로는 '장애인 문화 향유권 확보'를 위해 노력하고 있는데요, 그것은 장애인과 비장애인 사이를 좁히고 사회 통합을 이루는 데 문화가 큰 역할을 하기 때문이라고 해요.

　부즐로는 청각장애를 갖고 있지만 어렸을 때 미스 프랑스가 되는 꿈을 꿨고 배우가 되고 싶었데요. 사람들은 장애 때문에 불가능하다고 했지만 자신은 꿈을 버릴 수가 없었다고 합니다. 그런 확고한 의지가 소피 부즐로가 꿈을 이루는 데 큰 힘이 됐을 거예요.

　소피 부즐로는 프랑스를 넘어 세계의 장애인들에게 꿈을 심어주는 희망이 되고 있는데요, 우리나라 방문에서도 바로 그런 희망을 선물하고 있다는 생각이 듭니다.

산다는 것은 보물찾기

산다는 것은 보물찾기와 같다고 합니다. 어디엔가 숨겨져 있을 행운을 찾는 것이 삶인데요, 우리는 행운을 찾을 생각을 하지 않고 내 손에 행운이 쥐어지기를 바라고 있죠. 그래서 우리 주위에 숨어 있는 보물을 찾지 못하는 것이라 합니다.

행운은, 적극적으로 찾아야 하는 보물찾기라는 것을 기억했으면 합니다.

송희중

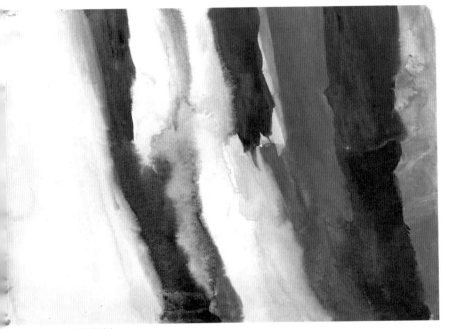
윤재원 패턴

물의 교훈

자연을 통해서 우리는 많은 것을 배우게 되지요. 우리와 늘 함께하는 물은 우리에게 어떤 교훈을 줄까요? 물은 멈추지 않는 부지런한 움직임을 보여 준다고 해요. 그 움직임은 자신만 이동시키는 것이 아니라 다른 것을 움직이게 하는 힘이 되지요.

물처럼 부지런하면 반드시 커다란 변화를 이끌어 낼 수 있을 거예요. 물처럼 조용히 움직이면서 변화를 주도해 가는 사람이 됐으면 합니다.

아인슈타인의 만찬

세계적인 물리학자 아인슈타인은 몹시 가난했죠. 하루는 식사를 하고 있는데 친구들이 찾아왔어요. 빵 한 조각에 물 한 컵을 놓고 식사를 하는 것을 보고 친구들이 안타까워했습니다. 이렇게 궁핍하게 살고 있는 줄 몰랐다며 아인슈타인을 동정했죠. 그러자 아인슈타인은 이 이상의 만찬이 어디 있느냐며 이렇게 말합니다. "밀가루, 설탕, 소금, 달걀 그리고 물까지 있지 않느냐."고 말예요.

빵을 이렇게 분석하는 능력이 아인슈타인을 세계적인 물리학자로 만들지 않았을까 싶어요. 그리고 이 얘기를 들으면서 우리는 우리가 갖고 있는 것을 제대로 보지 못해 늘 부족하다고 생각하는 것은 아닌가 싶더군요. 우리가 갖고 있는 것들을 자세히 관찰하면 그것 안에 너무나 많은 것이 담겨 있다는 것을 알 수 있을 텐데요, 그런 깨달음이 우리를 풍요롭고 행복하게 만들어 줄 수 있을 겁니다.

아인슈타인의 식사처럼 관점에 따라 마음이 달라진다는 것, 기억했으면 합니다.

씨앗 뿌리기

나폴레옹이 이런 말을 했다고 합니다. "생각의 씨앗을 뿌리면 행동의 열매가 열리고, 행동의 씨앗을 뿌리면 습관의 열매가 열리고, 습관의 씨앗을 뿌리면 성격의 열매가 열리고, 성격의 씨앗을 뿌리면 운명의 열매가 열린다."고 말이죠.

여기서 운명이라고 하는 것은 확실한 사실을 뜻하는 것일 텐데요. 모든 것은 작은 운명에서 결정된다는 뜻이겠죠. 지금 우리는 무엇을 뿌리고 있나요?

신지은 꽃

장점을 보라

  우리는 상대방의 작은 결점 때문에 그가 갖고 있는 큰 장점을
보지 못하는 경향이 있다고 해요. 항상 결점은 크게 보이고 장점
은 잘 보지 못하지요. 큰 나무에 작은 흠이 있다고 해서 나무를
베어 버리지 않듯이요, 작은 결점 때문에 사람을 잃는 것은 현명
하지 못한 방법이라는 겁니다.
  사람을 볼 때는 단점보다는 장점을 찾으려고 노력해야겠지요.

김대현

태호 만세

지금도 장애 때문에 부모로부터 버림을 받고 시설에서 살고 있는 장애아동이 있습니다. 시설 장애아동은 자신을 돌봐주는 시설 생활재활교사를 엄마라고 부르며 살고 있죠.

스님이 운영하는 승가원에 살고 있는 유태호 군은 올해 11세 인데요, 양팔이 없고 두 다리도 기형이라서 일어설 수 없는데다 구개열로 언어장애까지 갖고 있는 중증의 장애를 갖고 있습니다. 태호는 8개의 발가락으로 식사도 하고 글씨도 쓰고 옷도 갈아입는 등 모든 일상생활을 하고 있어요. 태호는 일반 학교에 다니는데요, 책상 위에 앉아서 수업을 받지요. 태호는 발표도 잘하고 친구들 하고도 잘 어울리는 아주 밝은 성격을 갖고 있어요.

태호는 스스로 하겠다는 의지가 강해서 '도와줄까'라는 말을 가장 싫어한다고 해요. 태호를 본 사람들은 태호야말로 작은 영웅이라고 말하는데요, 어린 태호가 장애 속에서 최선을 다하는 모습을 보면 머리가 저절로 숙여집니다.

우리 사회가 할 일은 태호가 더욱 씩씩하게 꿈을 갖고 성장할 수 있도록 지지해 주는 것이 아닐까 합니다.

행복에 투자하기

  사람은 누구나 행복을 원하지만요, 행복이 무엇인지 모르고
있다고 해요. 그래서 행복하지 않은 거죠. 행복은 행운이 가져다
주는 은총이 아니라 만들어 가는 것이기 때문에 노력과 시간이
필요하다고 합니다.

  행복을 만들기 위한 투자가 바로 행복해지는 조건이 아닐까
합니다.

신지은 세계문화모양

외모로 판단한 큰 실수

조선 초기 황희 정승과 함께 맹사성은 청렴한 재상으로 유명하지요. 그는 집에 있을 때는 아주 허름한 옷차림이었다고 합니다. 어느 날 맹사성이 개울가에 앉아 있는데 젊은 선비가 오더니 이렇게 명령했죠. "양반 체면에 개울을 건널 수가 없으니 자신을 업어서 건너게 해 달라."고 말입니다.

맹사성은 젊은 선비의 명령대로 업어서 개울을 건네주었어요. 젊은 선비는 자랑을 하듯이 이렇게 말했죠. "맹사성 대감에게 벼슬을 부탁하러 가는 길이라."고 말입니다.

그 말에 맹사성은 조용히 말했지요. "젊은 양반, 돌아가시오. 내가 맹사성이요."라고 하자, 젊은 선비는 얼굴을 들지 못하고 개울을 건너 도망을 쳤다고 합니다.

어떠세요? 사람 외모만 보고 우리도 이런 실수를 할 때가 있을 겁니다. 외모로 사람을 판단하는 것은 가장 어리석은 일이죠. 겉으로 나타난 장애 때문에 편견을 갖는 것은 정말 소중한 것을 놓치는 큰 손실이 될 수도 있다는 생각이 듭니다.

칭찬 효과

전 세계 젊은이들의 꿈의 대상이 되고 있는 세계 초일류 기업 〈GE〉의 잭 월치 회장은 어린 시절 말을 몹시 더듬었다고 합니다. 아이들이 잭 월치의 더듬거리는 말을 놀리자 잭은 의기소침했죠. 그때 그의 어머니가 이렇게 말했다고 해요. "애야, 네가 말을 더듬는 것은 네 혀가 따라오지 못할 정도로 네가 똑똑하기 때문이란다."라고 말입니다.

어머니는 아들에게 용기를 주었어요. 말을 더듬는 것은 아무런 문제가 되지 않는다고 말예요. 보통의 어머니였으면 아들에게 말을 더듬지 말라고 주의를 줬을 텐데요, 잭 월치 회장의 어머니는 그것이 똑똑하기 때문이라고 아들의 장점을 알려 주었지요.

잭은 어머니 말씀에 용기를 얻고 아이들의 놀림에도 당당해질 수 있었다고 합니다. 이런 자신감 때문에 잭 월치는 자신의 능력을 발휘하며 세계적인 CEO로 성공을 하게 됩니다.

잭 월치 회장은 말 더듬는 것을 극복하기 위해 또박또박 천천히 말하는 습관이 생겼는데요, 그것이 오히려 상대방을 설득하는 장점이 됐다고 합니다. 자신감을 가지면, 단점을 장점으로 바꿀 수 있습니다.

재미있는 생각하기

가장 행복한 삶은 가장 재미있는 생각을 하는 삶이라고 합니다. 재미있는 생각을 하면 저절로 얼굴에 미소를 짓게 되니까요. 이런저런 생각을 많이 하는데요, 그 생각의 대부분은 걱정이라고 해요. 그래서 행복한 느낌보다는 불행하다는 생각이 더 많이 드는 거죠.

행복해지려면 재미있는 생각을 많이 해야 하지 않을까 싶습니다.

김효진 꽃

서로에게 기쁨이 되자

　남의 슬픈 얘기를 들으면 내 마음도 슬퍼지고 남의 좋은 얘기를 들으면 내 마음도 즐거워집니다. 슬픔과 기쁨은 다른 사람한테 전이가 된다는 것을 알 수 있는데요. 기쁨이 퍼져 나가는 것은 좋지만 슬픔이 전염되는 것은 다른 사람들까지 우울하게 만드는 거죠.

　우리는 이렇게 모든 것을 나누고 있는데요, 사람들은 자기 혼자 슬프고 자기 혼자 즐겁다고 생각합니다. 서로에게 기쁨이 될 수 있는 일들이 많이 생겼으면 좋겠어요.

내가 갖고 있는 것을 보라

미국 작가 조지프 루가 이런 말을 했어요. "나는 내가 갖지 못한 것 때문에 불행하다고 생각하지만, 남들은 내가 가진 것을 보고 나를 행복한 사람이라고 한다."고 말입니다. 나는 내가 갖지 못한 것을 생각하고 남들은 내가 가진 것을 생각하기 때문에 행복과 불행이 갈라지는 것이죠.

내가 갖고 있는 것을 소중히 여기는 것이 행복해지는 비결이 아닐까 해요. 「해리 포터」의 작가 조앤 롤링은 비서로 일을 했었는데요, 항상 공상을 하는 버릇이 있어서 해고를 당했죠.

롤링은 자신이 갖고 있는 공상하는 능력을 잘 활용했기 때문에 「해리 포터」라는 세계적인 베스트셀러를 창작할 수 있었습니다. 롤링이 비서로서의 자질이 없다는 것을 고민했다면 불행해졌을 텐데요, 롤링은 없는 것보다 있는 것을 충분히 활용했기 때문에 큰 성공을 거둘 수 있었던 것입니다.

나한테 있는 것이 무엇인지 생각해 보세요.

항상 남아 있는 행복

　과자통 속에 여러 종류의 과자가 있을 때 여러분은 어떤 과자부터 집으시겠어요? 자기가 좋아하지 않는 것부터 먹으면 맛있는 과자는 항상 남아 있습니다. 우리 인생도 마찬가지일 거예요. 궂은 일, 괴로운 일부터 먼저 하면 즐겁고 행복한 일이 항상 남아 있습니다. 그리고 그 행복한 일을 더 크게 만들고 싶으면 행복을 모으는 것이 아니고 나누어야 한다고 해요.

김효진

많이 소유해야 행복할까요?

아마존 숲속에서 살고 있는 피타한족은 사냥을 해서 먹고 살고 있는데요, 반드시 그날 먹을 만큼만 사냥을 한다고 해요. 음식을 절대로 저장하지 않죠. 피타한족은 소유하는 것이 전혀 없는데요, 미국 MIT공대 두뇌인지과학부에서 연구한 바에 의하면, 피타한족의 행복지수가 매우 높은 것으로 나타났다고 합니다.

피타한족이 왜 이토록 행복한 것인가를 알아봤더니요, 소유한 것이 없고 현재를 가장 기쁘게 살고 있기 때문이었죠. 피타한족이 행복한 것은 분명한 듯해요. 웃는 시간이 가장 긴 사람들이 바로 피타한족이었거든요.

현대사회를 살면서 무소유를 실천하기는 어렵지만요, 필요 이상 욕심을 부리지 않으면, 지금보다 훨씬 행복해질 수 있을 듯해요. 욕심을 버리면 우리도 많이 웃을 수 있을 거예요.

김형태 하늘

가장 큰 즐거움

미국의 시인 맥스 어만은 자신이 이루어 낸 것을 보며 즐거워하라고 했어요. 그런데 사람들은 자신이 한 일은 하찮게 생각하고 더 큰 일을 하고 싶어 하죠. 현실에 만족하지 못하고 다른 이상을 쫓고 있기 때문에 삶이 편안하지 않는 것일지도 모릅니다.

우리가 진실로 소유하는 것은 내가 지금 하고 있는 일이라고 합니다. 그래서 자기가 하는 일에 최선을 다해야 하지요. 우리는 늘 아무것도 한 일이 없다는 생각을 하게 되는데요, 그것은 바로 자신이 한 일을 하찮게 생각하기 때문일 거예요.

내가 지금 하고 있는 일에 최선을 다하면 그것이 가장 큰 즐거움이 아닐까 합니다.

마음의 문을 여는 손잡이

　마음의 문을 여는 손잡이는 마음의 안쪽에만 달려 있다고 합니다. 이 말은 마음의 문은 스스로 열어야지 다른 사람이 열어줄 수 없다는 뜻이죠. 마음의 문을 열면 세상이 넓어지고 너그러워진다고 하는데요. 세상이 좁다고 탓할 것이 아니라 세상이 야박하다고 야속해할 것이 아니라 마음의 문을 먼저 열어 놓는 것이 필요하지 않을까 합니다.

김대현 레몬

좋다고 말하자

좋다고 말하면 좋은 일이 생긴다고 해요. 하지만 우리는 자기 자신에 대해서도 또 다른 사람에 대해서도 좋다고 말하는데 인색하지요. 항상 불평, 불만만을 늘어놓습니다. 그래서 좋은 일이 생기지 않는지도 모르겠어요.

지금부터 당장 모든 일을 긍정적으로 생각해 보세요. 그러면 모든 일이 순조롭게 풀릴 거예요.

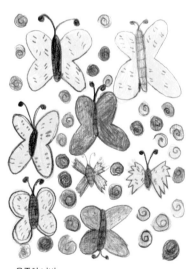

윤주현 나비

가장 중요한 건 눈에 보이지 않는다

생텍쥐페리의 「어린왕자」는 많은 사실을 독자들에게 가르쳐 주는데요. 이런 내용이 나옵니다. 여우가 어린 왕자에게 말하죠. "가장 중요한 건 눈에 보이지 않는단다." 이 말을 기억하기 위해 어린 왕자가 되뇌입니다. "가장 중요한 건 눈에 보이지 않는단다."라구요.

다시 되뇌이게 하면서까지 작가가 이 말을 꼭 전하고 싶었던 이유는요, 우리는 눈에 보이는 것에 연연해하고 있기 때문입니다. 눈에 보이지 않는 중요한 것도 있다는 사실을 기억했으면 합니다.

다섯 가지 나이

처음 사람을 만나면 그 사람이 몇 살인지가 궁금하지요. 사람의 진짜 나이를 알려면 다섯 가지 나이를 살펴봐야 한다고 해요.

우리가 흔히 얘기하는 나이는 시간과 함께 먹게 되는 세월의 나이구요, 건강에 따라 재는 생물학적 나이가 있습니다. 그리고 지위에 따라 결정되는 사회적 나이가 있지요. 또 대화를 나누다 보면 금방 알 수 있는 정신적 나이가 있구요. 어느 정도의 지식을 갖고 있느냐로 정해지는 지성의 나이가 있습니다.

세월의 나이에 따라 사회적 지위를 얻고 정신적으로 깊고 넓은 세계를 갖고 그리고 지성적인 사람이 된다면 그 사람은 성공적인 삶을 살았다고 볼 수 있을 거예요.

우리는 생물학적 나이만 줄이려고 애쓰는데요, 젊어 보인다고 좋은 것은 아니죠. 나이에 따라 모든 것을 다 포용할 수 있는 넉넉한 마음을 갖는 것이 가장 아름다운 모습이 아닐까 생각해 봅니다.

실패는 없다

　우리는 사는 동안 많은 계획을 세우지요. 하지만 그 계획은 이루어지지 않을 때가 많습니다. 사람들은 그것을 실패라고 생각하지만요, 그것은 실패가 아니라 해야 할 일을 하지 않은 책임 회피가 아닐까 해요.

　자기가 하고 싶은 일로 목표를 세우고 그 목표를 향해 꾸준히 달려가다 보면요, 자기도 모르는 사이에 큰 결실을 얻을 수 있을 거예요.

김형태 얼굴

신지은 폭죽

슬픔을 표현하는 기술

인도네시아의 작은 섬 타히티의 자살률이 유난히 높았다고 합니다. 타히티는 천혜의 자연 조건을 갖고 있는 평화로운 섬인데요, 왜 극단적인 선택을 하는 것일까 그 원인을 밝히기 위해 많은 학자들이 타히티를 방문했습니다.

인류학자 로버트 레비가 그 원인을 찾아냈지요. 타히티의 언어에는 '슬픔'이라는 개념을 가진 단어가 없는 것이 문제였어요. 슬픔을 느끼지만 표현할 언어가 없기 때문에 치유하는 의식이나 위로하는 관습이 없었던 거예요.

사람은 누구나 슬픔을 경험하는데 타히티 사람들은 슬픔을 표현하는 개념과 단어가 없어 자신의 슬픔을 정상적인 감정으로 받아들이지 못했기 때문에 자살을 택했던 것이죠.

우리는 기쁨만 큰소리로 말하고 슬픔은 감추려고 하는데요, 슬픔이야말로 표현을 해서 위로받는 것이 필요하지 않을까 싶어요. 슬픔은 나누면 반으로 줄어든다고 하잖아요.

남보다 잘 하려고 하지 말고 전보다 잘하려고 노력해야 한다고 해요. 자신과의 경쟁에서 이겨야 성취감을 느낄 수 있다고 하거든요. 전보다 잘 하자, 이것이 목표가 되어야겠죠?

웃음이 필요할 때

지금까지도 많은 사람들의 존경을 받고 있는 미국의 링컨 대통령은 우울증을 극복한 사람으로 유명합니다. 링컨의 우울증은 20대 초반에 발병을 했는데요, 그의 우울증은 매우 심각한 정도였다고 해요. 하지만 링컨이 우울증을 앓고 있다는 사실을 모르는 사람들이 많았죠. 왜냐하면 늘 유머를 즐겼거든요.

링컨은 노예폐지 성명서를 발표하기 전에 열었던 각료회의를 시작하면서 유머 책에 나오는 재미있는 부분을 읽어 줬는데요, 아무도 웃지 않았다고 해요. 링컨 대통령은 그렇게 경직된 각료들을 보며 이렇게 말했죠.

"웃어야 할 때 웃지 않으면 우리는 평생 웃을 수 없을 겁니다."

링컨 대통령은 힘든 일을 해결하기 위해 웃음을 선택했던 것인데요, 그가 웃는 것이 중요하다는 것을 안 것은 바로 자신이 갖고 있었던 우울증 때문이었죠.

힘든 때일수록 웃음이 많이 필요하다는 것을 링컨 대통령이 잘 보여 주고 있는데요, 요즘이야말로 웃음이 필요할 때가 아닌가 싶습니다.

인생의 지도

　우리 인생의 지도가 있으면 참 편할 것 같단 생각이 들지요. 그 지도를 우리가 지금 만들고 있는데요, 인생의 지도는 시행착오를 겪어야 완성이 된다고 해요. 직접 겪으면서 깨닫지 않으면 인생의 지도에 오류가 많이 생긴다고 합니다.
　지금 겪은 시행착오를 소중히 여기면 훌륭한 인생의 지도를 만들 수 있을 거예요.

김효진 집

늦은 때란 없다

우리 사회는 너무 빨리 은퇴를 하고 아무 일도 하지 않은 채 노년을 보내기 때문에 삶이 무의미해지는 거죠. 할랜 샌더스라는 사람은 63세에 조그마한 식당을 시작했어요. 그가 선택한 메뉴는 닭튀김이었죠. 장사가 너무 잘 됐어요. 몇 배의 돈을 주고 식당을 인수하겠다는 사람이 있었지만 그는 거절했어요. 아직 은퇴하고 싶지 않았거든요.

그런데 2년 후 주정부의 도로공사로 하루아침에 가게를 잃고 말았어요. 할랜은 자신의 조리법을 믿고 투자해 줄 사람을 찾아다녔는데요, 1009번이나 거절을 당한 후 동업자를 만날 수 있었죠.

할랜의 닭튀김 식당은 미국 전역으로 체인을 만들어 갔고 전세계로 퍼져 나갔어요. 이 식당 앞에 할아버지 인형이 서 있는 것은 바로 할랜의 도전 정신을 알리기 위해서라고 해요.

할랜 샌더스는 나이와 실패를 딛고 일어선 전설적인 인물이 됐는데요. 나이 들었다고, 실패했다고 포기할 것이 아니라 될 때까지 도전하는 것이 성공의 비결이란 것을 알 수 있는 일화여서 소개해 드렸습니다.

최고의 선택

행복도 선택이라고 합니다. 그래서 행복을 선택하면 행복해지고 불행을 선택하면 불행해진다고 해요. 누가 불행을 선택하겠느냐고 하시겠지만요, 행복을 지금이 아닌 앞으로의 목표로 생각하고 있기 때문에 지금 이 순간은 행복하지 않다고 생각하게 된다고 해요.

행복을 앞으로의 일로 미룰 것이 아니라 지금 행복해야겠다고 생각하는 것이 바로 행복을 선택하는 일이 되겠죠.

기쁨을 맞이할 준비

수많은 사람을 감동시키고 있는 시인 릴케가 이런 말을 했어요. "슬픔 앞에서 놀라지 말라."고 말입니다. 당신 내부에서 더 큰 행운이 만들어지고 있기 때문에 그 슬픔은 곧 누그러진다고 했죠. 이 얘기가 정말 용기를 주지요.

작은 슬픔에 짓눌릴 것이 아니라 우리 안에 있는 행운이 더 커지도록 힘을 키우면서 곧 찾아올 기쁨을 맞이할 준비를 해야겠지요.

하윤철 화병

멋진 기부

아주 멋진 기부로 아직도 프랑스 국민 사이에서 회자되고 있는 일화가 있어요. 마르세이유에 구두쇠 영감이 살고 있었는데요, 그 영감님은 돈을 쓰지 않고 모으기만 해서 많은 돈을 갖고 있었지만요, 도무지 이웃을 위해 베풀지를 않아서 사람들에게 욕을 먹었다고 해요.

그 영감님은 주위에 사람이 없었기 때문에 혼자 쓸쓸이 죽어갔지요. 그런데 영감님이 남긴 유언장에는 이런 내용이 적혀 있는 거예요. 자신의 전 재산을 시청에 기부할 것인데 그것으로 마르세이유의 물을 맑게 하는 식수 사업을 펼쳐 달라고 말예요.

당시 마르세이유는 식수 오염으로 마을 사람들이 병들어 죽어가고 있었거든요. 그 영감님은 시민들을 위해 구두쇠 노릇을 했던 거예요. 사람들은 영감님의 멋진 기부에 모두들 감동해서 그 깊은 뜻을 두고두고 새겼다고 합니다.

쓰고 남아서 기부를 하는 것이 아니고 자기를 희생시키며 한 기부이기에 오래도록 기억하는 것이 아닌가 싶습니다.

결점을 드러내자

　자신의 결점을 숨기려고 하는 사람들이 있지요. 숨기면 사람들이 모를 것이라고 생각하기 때문인데요. 사실은요, 결점을 숨기면 사람들은 훨씬 더 나쁜 상상을 한다고 해요. 그래서 차라리 내 결점은 이런 것이다 하고 밝히는 것이 훨씬 긍정적인 평가를 하게 된다고 합니다.

　결점을 드러내는 용기가 필요하겠지요.

최은우 화분

친절이 행운을 만든다

친절은 때와 장소를 가리지 않고 누구한테나 베풀어야 할 덕목이죠. 그런데 친절이 행운을 가져다 준다는 사실을 아세요? 어느 비 오는 날, 할머니 한 분이 가구점 앞에서 가구를 구경하고 있었어요. 점원은 할머니에게, 안으로 들어와서 물건을 보시라고 권했어요. 그러자 할머니는 가구를 살 것이 아니라고 했죠. 점원은 가구를 사지 않으셔도 좋으니까 들어와서 잠시 비를 피하고 가시라 했습니다.

할머니는 점원의 안내를 받으며 가게 안으로 들어가 비가 멈출 때까지 가구 구경을 했어요. 그런데 며칠 후 카네기로부터 편지가 왔죠. 어머니의 요청으로 회사 가구를 이 가구점에서 모두 구입하겠다고 말예요. 그 할머니는 바로 카네기의 어머니였던 것이었어요.

점원의 친절로 그 가구점은 큰 돈을 벌 수 있었고 그 점원은 승진을 할 수 있었다고 합니다. 친절이 만들어 준 행운인데요, 우리도 친절로 행운을 만들어 볼까요?

칭찬으로 재판

우리는 누가 죄를 지었다고 하면 그 순간부터 그가 얼마나 나쁜 사람인가를 열거하지요. 그런데 남아프리카 한 부족인 바벰바족은 죄를 다스리는 방법이 아주 독특해요. 죄인을 마을 한복판에 세워 놓고 부족 사람들이 죄인을 중심으로 큰 원을 이루어 둘러선다고 해요. 그리고 모든 사람이 들을 수 있을 정도의 큰 소리로 그 사람이 얼마나 좋은 장점을 갖고 있고 어떤 선행을 했는지를 한 사람씩 나와서 얘기한데요. 말하자면 모든 사람들이 변호사가 되는 거죠. 그렇게 칭찬을 다하고 나면 그때부터 축제를 벌인다고 합니다.

이런 의식을 통해 죄인이 새사람이 되었다는 것을 인정해 주는 거죠. 실제로 이 의식을 마치고 나면 그 사람은 정말 새사람이 되어 이웃의 사랑에 보답하기 위해 선행을 더 많이 한다고 하네요. 이런 방식 때문인지 바벰바족 사회에서는 범죄 행위가 극히 드물다고 합니다. 이 얘기를 듣고 나니까 칭찬을 많이 해야겠다는 생각이 듭니다.

나 자신과의 약속

　가장 소중한 약속은 나 자신과의 약속이라고 하는데요, 사람들은 자기 자신과의 약속엔 별로 부담을 느끼고 있지 않는 듯해요. 그래서 사정에 따라 언제라도 쉽게 깨곤 합니다. 하지만 자기 자신과의 약속을 가장 먼저 지켜야 한다고 합니다. 그 약속은 자기를 발전시키는 힘이 되기 때문이죠.
　모든 약속이 다 소중하지만요, 자기 자신과의 약속에도 충실해서 자기를 발전시킬 수 있었으면 합니다.

최미애 봄에 피는 꽃들

베품의 철학

인도 사람들이 존경하는 사람 가운데 선다싱이란 사람이 있는 데요, 사람들이 그를 존경하는 것은 바로 이런 일화 때문입니다. 선다싱이 히말라야 산맥을 넘고 있었는데요, 어떤 사람을 만나게 됐어요. 춥고 외로운 길이어서 두 사람은 마음을 나누며 함께 걸음을 재촉하고 있었지요. 그런데 가다가 바닥에 쓰러져 있는 사람을 봤어요. 살펴보니까 아직 생명이 붙어 있었지요. 선다싱은 이 사람을 같이 부축해서 데리고 가자고 했습니다.

그러자 지금까지 친하게 마음을 나누던 사람의 태도가 돌변했어요. 다 죽어 가는 사람 때문에 오늘 밤 안으로 산맥을 넘지 못하면 얼어죽을 것이 뻔하다면서 자기 혼자 가겠다고 자리를 떴지요. 할 수 없이 선다싱은 그 사람을 업고 갈 수밖에 없었어요. 선다싱은 비틀거리며 걸어가다가 바닥에 쓰러져 있는 사람을 발견하게 됩니다. 그 사람은 다름 아닌, 혼자 살겠다고 먼저 갔던 바로 그 사람이었죠. 살펴보니까 그 사람은 이미 생명이 끊긴 상태였어요.

선다싱은 부상당한 사람과 함께 산맥을 무사히 건널 수 있었지요. 선다싱은 사람을 업고 걸었기 때문에 그 체온이 전해져서 추위를 이겨 낼 수 있었던 것이라면서 오히려 자신이 더 도움을 받았다고 고마워했어요.

도움을 준다는 것은 도움을 받는 것이라고, 선다싱은 인도 사람들에게 베품의 철학을 가르쳐 주었지요. 남을 도와주는 것이 자신에게 행운을 저금하는 일이 아닐까 싶습니다.

아인슈타인의 건망증

　재미있는 얘기해 드릴까요. 아인슈타인이 기차를 탔을 때의 일이예요. 역무원이 기차표를 검사하고 있었는데요, 아인슈타인 차례가 됐어요. 아인슈타인은 기차표를 꺼내기 위해 주머니 속에 손을 넣었는데요, 아무리 뒤져도 기차표가 없는 거예요. 아인슈타인이 난처해하며 기차표를 찾느라고 애쓰는 모습을 보고 역무원이 됐다고 말했어요. 그가 위대한 과학자 아인슈타인이란 것을 알았기 때문이죠. 됐다고 말했는데도 아인슈타인은 계속 기차표를 찾는 거예요. 그래서 역무원은 "선생님, 그만 찾으세요. 안 보여 주셔도 됩니다."라고 친절하게 설명을 해 주었더니 아인슈타인이 이렇게 말했답니다. "내가 필요해서 찾는 거라오. 기차표가 있어야 내가 어디에서 내릴지를 알 수 있답니다." 이렇듯 아인슈타인은 건망증이 심했다고 합니다.

　요즘 건망증이 생겼다고 걱정하시는 분들 많은데요, 건망증은 심한 스트레스에 대한 일종의 도피라고 하니까요, 내가 스트레스를 많이 받았구나 생각하고 스트레스를 푸는 것이 필요하겠죠.

가능하다는 믿음

큰일을 하려면 불가능하다는 생각을 버려야 한다고 해요. 우리는 어떤 일을 시작하기도 전에 불가능하다는 판단을 하는데요, 그런 생각을 갖고 있으면 일을 시작하지도 못할뿐더러, 한다 해도 앞으로 나가지 못합니다. 안 된다는 생각 때문에 자신감이 생기지 않거든요.

어떤 분은 다짐을 위해 '불가능하다는 생각에 동의하지 않는다'고 써서 붙이셨대요. 좋은 방법이죠. 가능하다는 믿음이 중요합니다.

미소와 칭찬

여러분 지금 어떤 표정 짓고 계세요? 얼굴을 찌푸리고 있지 않으십니까? 만약 그렇다면 얼른 얼굴 가득 미소를 지어 보세요. 분위기가 확 달라질 겁니다. 어디 달라지는 게 분위기뿐이겠어요. 얼굴에 미소를 지으면 인상을 쓰고 있을 때와는 달리 기분 좋은 일들이 한 가지, 두 가지씩 생기게 되지요. 미소에는 보상이 따르거든요. 만약 더 큰 보상을 받고 싶으시다면 미소 띤 얼굴로 칭찬을 해 보세요. 사람들은 칭찬을 받으면 금방 호감이 생겨서 좋은 제안을 많이 하게 된다고 해요.

미소와 칭찬, 이것은 우리가 꼭 갖고 있어야 할 생활 덕목입니다.

김대현 청소년

"같이 놀래?"

문학하는 사람들은 모든 작품의 기초가 되는 하나의 주제를 갖고 있는 경우가 있는데요. 미국의 아동문학가 마리아 슈라이버는 "같이 놀래?"가 자기 작품의 주제라고 말합니다.

모든 아이들이 공통적으로 소망하는 것은 같이 놀고 싶은 마음입니다. 하지만 선뜻 같이 놀자고 말하지 못하죠. 특히나 장애가 있는 경우는 먼저 다가가기가 어렵습니다. 그리고 아이들 역시 같이 놀자고 말하지 않고 있기 때문에 장애아동은 더 외롭고 그래서 절망감에 빠지곤 합니다.

슈라이버는 작품을 쓸 때 장애아동을 자주 등장시키는데요, 그 이유는 장애를 가진 친구도 놀림과 동정의 대상이 아니라 똑같은 사람이라는 것을 가르쳐 주고 싶어서라고 해요. 서로 다르다는 것이 특별한 것이 아니라는 것을 인정해야 소통하며 함께 살아갈 수 있기 때문이죠.

"같이 놀래?"라는 주제는 아이들에게 뿐만이 아니라 어른들에게도 필요한 소통의 수단이 아닌가 싶습니다.

아시아나항공

최원우 비행기

명상의 시간

　화가 고갱이 이런 말을 했죠. "나를 보기 위해 눈을 감는다."고 말입니다. 참으로 의미 있는 말입니다. 우리는 항상 눈을 뜨고 있기 때문에 자기 자신을 보지 못하고 있는지도 모르겠어요.

　나를 알기 위해 눈도 감아 보고, 귀도 막아 보고, 말도 하지 않는 그런 명상의 시간이 필요하다는 생각이 듭니다.

해도 좋을 두 가지 거짓말

요즘 정치인들이 거짓말들을 하도 많이 해서 진실도 믿을 수 없는 세상이 되어 버렸는데요, 거짓말은 바로 이럴 때 하는 것이라고 해요. 「탈무드」에 보면 해도 좋을 두 가지 거짓말이 있다고 했거든요.

하나는 이미 산 물건은 나쁘더라도 좋다고 해야 하는 거구요. 또 하나는 상대방의 배우자에 대해서는 실제 그렇지 않더라도 훌륭하다고 칭찬을 해 주는 것입니다. 왜냐하면 상대방의 선택을 존중해 줘야 하기 때문이죠.

그런데 우리는 어떻습니까? 우리는 상대방의 선택을 너무 함부로 비판하지요. 상대방을 배려하지 않기 때문입니다. 지금 우리 사회에 가장 필요한 것은 배려와 진실이 아닐까 합니다.

소크라테스 아버지의 가르침

 철학자 소크라테스 아버지는 조각가였어요. 어느 날 어린 소크라테스에게 바위를 가리키며 저것이 뭐냐고 물었죠. 소크라테스는 바위라고 대답했어요.

 아버지는 바위를 여인상으로 조각했는데 작품이 완성된 후 아들에게 저것이 뭐냐고 다시 물었습니다. 어린 소크라테스는 아름다운 여인이라고 대답했죠. 그때 소크라테스는 아버지의 가르침을 깨달았다고 해요.

 바위를 깎고 다듬으면 아름다운 여인상이 되듯이 사람도 노력하면 무한한 능력을 발휘할 수 있다는 사실을 말입니다. 그래서 소크라테스의 철학은 사람을 소중히 여기는 데서 출발했다고 합니다.

송희중 꽃과 정원

봉사는 겸손에서 나온다

아프리카에서 의료봉사를 한 슈바이처 박사가 고향에 돌아왔을 때, 고향 사람들은 슈바이처 박사를 마중하기 위해 기차역으로 나갔습니다. 그런데 아무리 기다려도 슈바이처 박사가 나오지 않아 이상하게 생각하고 있었는데요, 그때 3등칸 기차에서 맨 마지막으로 내리는 슈바이처 박사를 발견하게 되지요. 사람들은 급히 달려가 왜 3등칸을 타고 왔는지를 물었어요. 그러자 슈바이처 박사는 "4등칸이 없어서."라고 말합니다.

어찌 들으면 우습게 들릴 수 있어두요, 이 모습이 바로 아프리카 대륙에서 질병으로 죽어 가는 사람들의 생명을 구한 슈바이처 박사의 진심이란 생각이 듭니다.

봉사는 다름 아닌 겸손에서 나오지 않나 싶어요. 간혹 생색내기식의 봉사를 하는 사람들이 있는데요, 슈바이처 박사의 겸손한 봉사를 교훈으로 삼아야 하지 않을까 합니다.

슈베르트의 열등감

세계적인 인물로 지금까지 기억되고 있는 사람들 가운데는 열등감 때문에 자기 자신을 불운하게 보는 경우가 많다고 해요. 슈베르트는 키가 150cm밖에 안 되는 작은 키 때문에 열등감을 갖고 있었죠.

그는 외로움 때문에 폭식을 해서 몹시 뚱뚱했구요. 사람을 만나면 말을 끊이지 않고 하는 수다쟁이였어요. 그래서 사람들은 슈베르트와 만나는 것을 꺼렸다고 해요. 슈베르트는 교사가 되고 싶었지만 번번이 교사 임용에 낙방을 했다고 합니다.

이런 외로움과 실패 속에서 슈베르트는 주옥 같은 작품들을 작곡해 낼 수 있었지요. 열등감이 더 큰 에너지가 될 수 있다는 생각이 듭니다.

김대현 꽃

노력하는 사람에게
기회가 주어지는 사회

자기가 하던 일을 물려주는 후계 문제가 정말 중요한데요, 강철왕 카네기도 후계자 문제로 고심을 했다고 해요. 직원들 가운데 명문대학 출신의 인재들이 많았죠. 그런데 카네기가 후계자로 지정한 찰스 쉬브는 놀랍게도 초등학교 학력이 전부인 청소부 출신이었어요. 쉬브는 비정규직 청소부로 취직했지만 열심히 노력해서 카네기 비서로 발탁이 됐는데요, 카네기는 쉬브의 열정과 노력을 높이 샀던 겁니다.

쉬브가 후계자가 되는 것을 보고 사람들은 희망을 갖게 됐죠. 학벌이 없어도 열심히 노력하면 꿈을 이룰 수 있다는 자신감이 생긴 거예요. 노력하는 사람에게 기회가 주어지는 사회가 되어야 발전을 할 수 있다고 하는데요, 그런 사회가 되려면 사람들의 마음이 먼저 열려야 하지 않을까 싶네요.

김형태 꽃

청바지 탄생 비화

요즘 남녀를 불문하고 가장 많이 입는 옷이 청바지인데요. 어떻게 청바지가 만들어졌는가를 알면 절망 속에 희망이 있다는 것에 동감을 하실 거예요.

19세기 중반 미국 서부에는 금광을 찾으려는 사람들이 모여들었죠. 광부들이 금광 근처에 천막을 치고 생활을 하고 있다는 소식을 들고 리바이 스트라우스는 천막을 만들 천을 잔뜩 싣고 서부로 갔어요. 그런데 막상 도착하니까, 광부들은 풍부한 원목으로 오두막집을 짓고 살고 있었어요.

천막이 쓸모없었어요. 리바이는 절망에 빠졌습니다. 그런데 가만히 보니까 광부들의 바지가 돌에 찢기고 몹시 해져 있었어요. 리바이는 그 천막 천으로 바지를 만들었지요. 찢어지지 않는 강한 바지라는 소문에 바지가 날개 돋친 듯 팔려나갔습니다.

이 바지가 바로 자신의 이름을 따서 만든 〈리바이스〉 청바지였던 것입니다. 절망하지 않고 희망을 찾아냈던 것이 큰 성공을 이루어 낸 것입니다.

초두효과

어떤 사람에 대해 말할 때 '키가 작아, 그런데 똑똑해' 라고 했을 경우와 '참 똑똑한 사람이야, 그런데 키가 좀 작아' 이렇게 얘기했을 때 그 사람에 대한 평가가 달라진다고 합니다.

같은 내용이라도 장점을 먼저 말하면 그 사람에 대한 이미지가 긍정적이지만요. 단점을 먼저 말하면 부정적인 판단을 내린다고 합니다.

미국의 사회심리학자 솔로몬 애쉬는 실험을 통해 이 같은 사실을 밝혀내고 이것을 '초두효과' 라고 했습니다. 사람에 대해 말할 때는 그 사람이 갖고 있는 장점부터 소개하는 것이 좋겠죠.

송석희

격려가 필요하다

나이가 들면 자신감이 줄어들죠. 독일의 작곡가 브람스도 50세에 이런 고민을 했었다고 해요. 나이가 드니까 영감이 없고 총명함도 사라져 더 이상 작곡을 할 수 없다고 자괴감에 빠져 있었어요.

어느 날 친구가 만나자고 해서 가 보았더니 생일 파티가 준비돼 있었어요. 그날이 브람스의 생일이었거든요. 당시 브람스는 고민에 빠져 자기 생일도 잊고 있었죠.

친구들은 브람스에게 훌륭한 음악으로 기쁨을 주는 것을 찬양하며 축복을 해 주었지요. 브람스는 그런 격려에 용기를 얻고 더 열심히 작곡에 몰두했습니다.

그렇게 해서 브람스는 대표작 교향곡 제4번 마단조를 그의 나이 52세에 작곡했습니다. 이렇게 주위의 격려가 필요하단 생각이 듭니다.

삶이란

테레사 수녀의 삶은 무엇인가? 라는 글이 있는데요, 함께 음미해 보았으면 해요.

삶은 기회입니다. 이 기회를 통하여 은혜를 받으십시오.
삶은 아름다움입니다. 이 아름다움을 찬미하십시오.
삶은 더없는 기쁨입니다. 이 기쁨을 맛보십시오.
삶은 꿈입니다. 이 꿈을 실현하십시오.
삶은 도전입니다. 이 도전에 직면하십시오.
삶은 의무입니다. 이 의무를 완수하십시오.

삶을 통해 우리가 해야 할 일이 정말 많다는 사실을 알 수 있지요.

능력과 무능력의 차이

아라비아 속담에 이런 말이 있습니다. '무엇인가 하고 싶은 사람은 방법을 찾아내고, 아무것도 하기 싫은 사람은 구실을 찾아낸다' 고 말입니다.

방법을 찾으면 할 수 있는 능력이 생기지만요, 하지 않을 구실을 찾아내는 사람은 무능력이 쌓인다고 합니다. 여러분은 어떤 사람이 되고 싶으신지요. 무언가 하고 싶은 사람이 되셨으면 합니다.

김효진 막대사탕

내일 봐요, 사랑해요

　동물 가운데도 뛰어난 능력을 갖고 있는 경우가 있어 사람들을 놀라게 하는데요. 알렉스라는 이름의 앵무새는 150여 개 단어를 알고 있어서 사람들은 알렉스를 천재라고 했죠. 그런데 알렉스가 죽기 전에 한 말이 뭔 줄 아세요? 자기에게 30년 동안 말을 가르쳐 준 페퍼버그 교수에게 이렇게 말했다고 합니다. "내일 봐요, 사랑해요!"

　아마 사람도 사랑하는 사람에게 마지막으로 하고 싶은 말이 바로 이 말이 아닐까 싶어요. 사랑한다는 말을 하고 싶어도 쑥스러워서 못하는 경우가 많은데요, 사랑한다는 말을 하지 않으면 후회를 하게 될 거예요. 앵무새도 주인을 향해 사랑한다는 고백을 했는데요, 우리도 사랑의 고백을 꼭 했으면 합니다.

김효진 꽃

보은

책상 서랍에 샤프펜슬과 전자계산기 하나쯤은 다 있을 텐데요. 전자업체 〈샤프〉를 창업한 하야가와 도쿠지는 정말 입지전적인 인물이더군요. 생가가 몰락하는 바람에 2세 때 입양이 되었는데요, 그 집도 가난해서 학교 교육을 받지 못하고 8세 때부터 금은 세공 공장에서 일을 했다고 해요. 도쿠지는 22세 때 샤프펜슬을 만들어 세계적인 상품으로 만들었구요, 그 후에도 라디오, 텔레비전 등을 생산하면서 일본 굴지의 기업으로 성장을 하지요.

그는 성공을 한 후에도 8세 때 일하던 공장 주인을 평생 모셨구요, 어린 시절 자신을 보살펴 준 이웃집 시각장애인 할머니에 대한 고마움을 잊지 못해 일본 최초로 장애인 전용 공장을 세우기도 했습니다. 도쿠지의 인간적인 면모를 알 수 있는 부분이기도 하죠.

도쿠지가 이렇게 성공을 거둘 수 있었던 것은 실패를 두려워하지 않는 도전 정신 때문이었다고 합니다. 지금도 일본에는 도쿠지를 존경하는 사람들이 많다고 하는데요, 장애인에 대한 특별한 애정을 갖고 있었다는 것이 그를 더욱 가깝게 느껴지게 합니다.

진정한 국민 가수

사람들의 사랑을 받는 인기인들은 공인으로서 행동했을 때 더 뜨거운 갈채를 받을 수 있지요. 이탈리아의 테너가수 카루소가 친구와 함께 식당에 갔을 때의 일입니다.

그를 알아본 지배인이 자기 식당에 카루소가 왔다는 것을 자랑하고 싶어서 노래를 한 곡 불러 달라고 요청을 했죠. 친구는 그것이 무례한 부탁이라고 지배인을 나무랐지만 카루소는 식당에서 노래를 부르기 시작했습니다. 식당 안에 있던 손님들이 환호하며 박수갈채를 보냈죠.

식당은 어느새 오페라 극장을 방불케 했습니다. 카루소는 자신의 노래를 사랑하는 사람만 있으면 때와 장소를 가리지 않고 노래를 불렀는데요, 그것이 카루소를 세계적인 성악가로 만드는 원동력이 됐습니다.

진정한 프로는 카루소처럼 자기 일에 언제나 최선을 다하지 않나 하는 생각이 듭니다.

프랭클린 수첩

미국의 사상가 벤저민 프랭클린은 손에 꼭 수첩을 들고 다녔다고 해요. 그 수첩에 자신이 지켜야 할 13가지 덕목을 적어 놓고, 자신이 얼마나 실천을 했는지 꼼꼼히 체크했다고 합니다. 프랭클린은 50년 동안 이렇게 자기 관리를 했기 때문에 사람들로부터 존경을 받을 수 있었죠.

지금도 미국에서는 〈프랭클린 계획장〉이란 수첩이 인기 상품이라고 해요. 자기 관리를 하고 싶은 사람들이 수첩에다 프랭클린처럼 꼭 해야 할 것과 해서는 안 될 것을 적어 놓고 그것을 지키기 위해 매일 체크를 한다는 거예요.

이것이 자기 계발 교육인데요, 우리도 이런 원칙을 세워 놓고 하루하루 점검을 한다면 자기 계발에 큰 도움이 되지 않을까 합니다.

멋진 꿈

영국의 한 교사가 창고를 정리하다가 25년 전 '미래의 내 모습'이란 제목으로 작문을 했던 학생들의 과제를 발견하게 됐지요. 학생들의 작문을 하나하나 다시 읽어 봤는데요, 그 가운데 데이비드라는 시각장애 학생이 지은 작문이 눈에 띄었다고 해요. 그 내용은 영국 내각에서 국민을 위해 봉사하는 장관이 되고 싶다는 미래의 꿈을 담고 있었지요.

선생님은 데이비드가 어떤 모습으로 성장을 했을지 궁금했는데요, 얼마 후 뉴스에서 그 시각장애인 제자가 교육부 장관으로 임명됐다는 소식을 듣게 되지요.

어렸을 적 꿈을 이룬 그는 바로 데이비드 블렁킷 장관입니다. 꿈은 반드시 이뤄진다는 것을 알 수 있는데요, 우리도 멋진 꿈을 가져야겠지요.

정석윤 배경

아름다운 우정

　요즘도 이런 아름다운 우정이 있을까요? 독일의 유명한 화가 뒤러는 청년 시절 너무나 가난해서 공부를 할 수 없었다고 해요. 그래서 생각다 못해 절친한 친구와 이런 약속을 하게 되죠. 한 사람이 돈을 벌어서 그 돈으로 친구 학비를 대준 후에 공부가 끝나면 그 사람이 돈을 벌어서 그 친구의 학비를 마련해 주기로 한 겁니다.

　그래서 뒤러가 먼저 공부를 하게 됐는데요, 어느 날 뒤러가 친구를 만나러 갔다가 친구가 두 손을 모으고 간절히 기도하는 모습을 봤지요. 그 친구는 뒤러가 훌륭한 화가가 되기를 기도하고 있었는데요, 그 기도하는 손이 너무나 일을 많이 해서 몹시 거칠어져 있다는 것을 알 수 있었죠.

　뒤러는 친구의 우정에 감동을 받아 눈물을 흘리면서 그림을 그렸는데 그것이 그 유명한 〈기도하는 손〉입니다. 뒤러는 친구 덕분에 공부도 할 수 있었고, 친구의 기도대로 유명한 화가도 될 수 있었습니다.

　이렇게 친구를 위해 희생할 수 있는 우정이 얼마나 큰 일을 해냈는가를 알 수 있지요.

성공을 준비하자

준비를 철저히 하면 그만큼 실수를 줄일 수 있구요, 그만큼 시간도 단축이 된다고 합니다. 인류 최초로 남극을 탐험한 사람으로 아문젠을 기억하고 있지만요, 남극을 탐험하기 위해 떠날 때는 두 팀이 있었다고 해요. 한 팀은 아문젠이고, 또 한 팀은 스코트였죠. 아문젠은 성공할 수 있었는데 스코트가 성공하지 못한 이유는 아주 간단합니다. 한 사람은 준비를 철저히 했고 한 사람은 준비를 대충했기 때문이었어요.

철저한 준비가 성공으로 이끄는 원동력이 된다는 것을 알 수 있습니다. 새로운 일을 시작할 때는 누구나 성공을 기원하게 되는데요, 준비가 완벽하다면 성공할 수 있다는 것을 아문젠의 남극 탐험 얘기에서 알 수 있습니다.

신지은 새

행복과 건강을 찾는 방법

어찌 보면 우리네 인생도 그리 긴 것이 아닌데요, 인생을 마무리 지으면서 후회하는 일이 없도록 하고 싶은 일들을 부지런히 해야 하지 않을까 싶어요. 석유왕 록펠러가 자선사업에 몰두하게 된 것은 암 선고를 받고나서였다고 해요.

의사로부터 1년밖에 살 수 없다는 얘기를 듣고 사업을 정리해야겠다고 생각하고 있던 록펠러에게 그의 어머니는 자선사업을 할 것을 권했죠. 록펠러는 자선사업을 하면서 모든 고통이 사라지고 행복해지기 시작했다고 합니다. 자선사업으로 행복해진 록펠러는 그 후 40년 동안이나 건강한 삶을 살았다고 해요. 좋은 일을 하는 것이 행복과 건강을 찾는 방법이 아닌가 싶습니다.

주선이

하버드대학의 인기 강의

　아직도 최고의 명문대학으로 손꼽히고 있는 하버드대학에 새로운 바람이 일어나고 있다고 합니다. 하버드대학에서 심리학 강사 벤 샤하르의 '긍정 심리학'이 최고의 인기를 끌고 있다고 해요. 이 긍정 심리학이 이토록 인기를 모으고 있는 것은 어떻게 하면 행복하고 건강하게 살 수 있는가를 가르치고 있기 때문이죠.

　이 강의는 경쟁에 지친 공부벌레들에게 청량제 같은 역할을 하고 있다고 합니다. 사실 하버드대학 학생들의 상당수가 심리적 장애를 갖고 있기 때문에 심리 치료가 필요한데 벤 샤하르 교수가 마치 심리치료를 하듯이 강의를 해서 학생들에게 도움을 주고 있죠. 물론 하버드대학에 어울리지 않는 가벼운 강의라는 비판도 있지만요, 학생들이 이런 가벼운 강의를 좋아하는 것만은 틀림없는 사실입니다.

　우리도 긍정적인 생각으로 행복을 찾아가는 마음공부가 필요하지 않을까 생각해 봅니다.

대작은 빨리 완성되지 않는다

우리는 뭐든지 빨리빨리 끝내기를 좋아하는데요, 오랜 시간을 두고 완성해 나가는 것도 큰 성공을 이룰 수 있는 좋은 방법이 아닌가 싶어요. 인간의 영혼을 노래한 최고의 걸작 「파우스트」는요, 독일 작가 괴테가 40년에 걸쳐 완성한 작품이라고 합니다.

괴테가 「파우스트」를 완성한 것은 82세였였죠. 괴테는 이 작품을 끝으로 다음해 세상을 떠났는데요, 「파우스트」를 완성했다는 기쁨에 행복한 죽음을 맞이했다고 해요. 한 작품에 40년의 노력을 기울였다는 사실 하나만으로도 괴테가 얼마나 진지하게 자기 일에 최선을 다했는가를 알 수 있습니다.

이렇게 한 가지 일에 평생을 바친다면 단시간 내에 이루는 성공과는 비교도 할 수 없는 커다란 업적이 되지 않을까 합니다.

김효진 연꽃

송희중 꽃

샤넬의 진짜 향기

남다른 고통 때문에 남다른 성공을 일궈 낸 사람들 얘기를 들으면 큰 힘이 되지요. 명품 브랜드로 많은 사랑을 받고 있는 〈샤넬〉은 가브리엘 샤넬이라는 한 여자가 고통 속에서 창조해 낸 디자인이라고 해요.

샤넬은 부모님이 있었지만 고아원에서 성장을 했지요. 부모님이 자식을 돌볼 능력이 없었으니까요. 고아원에서 직업 훈련으로 양재 기술을 배웠던 것이 그녀를 디자이너로 만들었지요. 그녀는 부모의 사랑을 받지 못했는데 결혼 실패로 남편의 사랑도 받지 못해 우울증에 빠지게 됩니다.

우울한 샤넬은 늘 혼자였는데 그렇게 혼자 있는 시간 동안 백지에 자신만의 디자인을 해 갔죠. 그것이 〈샤넬〉이란 명품 브랜드를 만들어 낸 계기가 됐습니다.

샤넬이 고통스럽지 않았다면 그녀는 자기 일에 성공하지 못했을 거예요. 고통을 잘 활용하는 지혜가 필요할 듯합니다.

아이디어가 재산이다

즐거운 자리에 가면 꼭 노래를 부르게 되는데요, 요즘은 반주가 없이는 노래를 잘 못 부르지요. 하지만 예전에는 노래 부를 때 반주는 생각지도 못했던 일입니다. 일본에서 가라오케가 개발되면서 반주에 맞춰 노래를 부를 수 있게 됐지요.

가라오케는 세계적인 히트 상품인데요, 아주 작은 계기로 발명이 됐다고 해요. 악기를 연주할 줄 아는 이노우에 다이스케라는 젊은 세일즈맨이 있었는데요, 이노우에만 있으면 가수처럼 반주에 맞춰 노래를 부를 수 있어서 여흥을 즐기는 자리에 꼭 초대를 받았죠.

사장이 음치였기 때문에 반주가 없으면 노래를 부르지 못했다고 해요. 그런데 어느 날은 집안에 사정이 생겨서 사장을 따라갈 수가 없었어요. 그래서 카세트 테이프에 반주를 녹음해서 줬다고 해요. 사장은 다음 날 이노우에에게 카세트 테이프만 있으면 굳이 동행을 하지 않아도 되겠다는 얘기를 했는데요, 그 얘기를 듣는 순간 가라오케의 원리가 생각났죠.

이노우에는 특허 신청을 하지 못해 아이디어를 빼앗기고 말았지만요, 자신이 발명했다는 데 대해 요즘도 자부심을 느끼고 있다고 해요. 발명은 순간의 아이디어에서 생겨난다는 것을 알 수 있는데요, 매 순간 놓치지 말고 깊이 생각을 하면 좋은 일들을 이루어 낼 수 있지 않을까 합니다.

동반자

인생의 좋은 동반자를 만난다는 것은 정말 큰 축복인 것 같아요. 독일 최고의 작가 헤르만 헤세는 정신장애에다 시각장애까지 갖게 되는데요, 그의 곁에는 니온 아우슬렌더라는 여자가 늘 그림자처럼 따라다녔지요. 니온은 시력이 약화된 헤세에게 무려 천 오백 권의 책을 읽어 주었다고 해요.

헤세는 니온 덕분에 작품 활동을 계속할 수 있었는데요, 니온의 이런 헌신적인 보살핌은 그녀 자신에게도 좋은 결실을 맺게 해 주죠. 헤세에게 책을 읽어 주고 헤세가 불러 주는 글을 받아 적었던 것이 아주 좋은 문학 수업이 됐던 거예요. 그래서 니온 자신도 소설가로 명성을 날리게 되거든요.

헤세와 니온은 서로에게 필요한 사람이었다는 것을 알 수 있는데요, 헌신은 희생이 아니라 또 다른 자기 발전이란 생각이 듭니다.

오미림 집

다름은 개성이다

다름을 개성으로 만들어 행복하게 살고 있는 곳이 있습니다. 일본 홋카이도에 있는 '베델의 집'이 바로 그곳인데요, 베델의 집은 가정에서 버림받고 사회에서도 냉대받은 정신장애인들이 생활하는 시설입니다. 누구나 일을 한다고 해요. 일반 사회에서는 한 사람이 두세 사람의 몫을 해야 인정을 받지만요, 베델의 집에서는 한 사람이 할 일을 다섯 사람이 나눠서 해도 무능력하다는 소릴 듣지 않구요, 일에 참여한 것을 칭찬해 줍니다. 그리고 그들이 갖고 있는 장애가 단점이 아니라 큰 장점이 되죠.

베델의 집에서 가장 인기 있는 사람은 712명의 환청을 듣는 환청 씨인데요, 그는 은행원으로 근무하다가 정신분열증으로 베델의 집에 오게 됐죠. 베델의 집 사람들은 환청 씨가 다양한 사람들을 만나고 있는 것이 오히려 큰 능력이라고 추켜세운다고 해요. 그러다 보니 장애가 심하다고 소외되는 것이 아니라 오히려 많은 사람들의 시선을 받게 됐죠.

이렇게 단점을 장점으로 만든 베델의 집은 일본의 명소가 되어 이곳을 찾아오는 사람들이 많다고 해요. 다르다는 것을 인정해 주면 장애가 장벽으로 느껴지지 않을 거란 생각이 듭니다.

모나리자의 미소는

〈모나리자〉 그림은 끊임없이 화제를 만들어 내고 있는 것 같습니다. 레오나르도 다빈치가 그린 〈모나리자〉는 보는 사람들에게 신비감을 주는 미소를 짓고 있는데요, 그 미소의 신비가 컴퓨터에 의해 풀렸다고 합니다.

네덜란드 암스테르담대학 연구팀이 감정인식 소프트웨어로 분석한 결과에 의하면요, 행복은 83%였고, 미움이 9%, 두려움이 6%, 그리고 화냄이 2%였다고 해요. 행복해 보이는 미소 속에도 이렇게 다양한 감정이 감춰져 있다는 것을 알 수 있는데요, 우리의 표정을 분석하면 어떤 결과가 나올지 궁금하지요. 아마 행복보다는 다른 감정들이 더 많을지도 모르겠어요.

우리도 모나리자 같은 미소를 지어 볼까요? 신비감을 주는 미소로 사람들에게 행복을 전해 줄 수 있었으면 합니다.

주선이

우리도 기다리자

　우리는 모든 걸 쉽게 생각하죠. 하지만 알고 보면 모든 일이 다 어렵게 이루어졌다는 것을 알 수 있습니다. 동화 「빨간 머리 앤」은 루시 모드 몽고메리 작품인데요, 몽고메리는 이 작품을 서른 살에 썼지요. 하지만 그 줄거리는 스무 살 때 이미 만들어졌다고 해요.

　주근깨 투성이의 빨간 머리 소녀에 대한 이미지가 떠올라 메모를 해 두고는 잊고 있었어요. 그러다 10년이 지난 후 그 메모를 발견하고 작품으로 옮기기 시작했죠. 하지만 그 당시 출판사에서는 「빨간 머리 앤」을 좋게 평가하지 않았어요. 그래서 출판을 하지 못하고 있다가 3년 후에야 빛을 보게 됐는데요, 출간하자마자 이 작품은 세계적인 명작이 됐습니다.

　포기하지 않고 기다리다 보면 이렇게 좋은 결실을 맺게 된다는 것, 꼭 기억했으면 합니다.

웃음치료

　머리가 조금만 아파도 진통제를 찾는 분들이 많은데요, 미국의 UCLA 대학병원 통증클리닉에서는 통증 환자들에게 거울을 보면서 웃는 연습을 하라는 처방을 내려 주고 있다고 해요. 환자들은 아픈데 어떻게 웃는 연습을 하느냐고 약을 달라고 호소했죠. 그 말에 의사는 이렇게 말했어요.

　"약은 통증을 잠시 잊어버리게 할 뿐이지 치료가 되지 않는다."고 말예요. 하지만 웃음은 통증을 치료해 줄 수 있다고 했습니다. 그 처방을 잘 지킨 환자는 정말 통증이 점점 줄어들더니 나중에는 완전히 치료가 됐다고 합니다.

　웃음은 통증뿐만이 아니라 모든 병을 치료해 줄 수 있을 거예요. 그러니까 웃고 싶지 않더라도 많이 웃으세요.

송희중 꽃병

세계적인 음악가를 보는 법

어느 음악회에서 있었던 일입니다. 청중들은 세계적인 성악가의 노래를 듣기 위해 공연이 시작되기를 기다리고 있었는데요, 기다리던 스타가 아닌 신인 성악가가 나오는 것이었어요. 그리곤 그 성악가가 아직 도착을 못했다는 사과를 했죠. 신인 음악가는 공손히 인사를 하고 열창을 했지만 사람들의 반응은 냉랭하기만 했어요.

노래가 끝나도 박수조차 치지 않았습니다. 그때 한 어린이가 고사리 같은 손으로 박수를 치며 최고라는 찬사를 보냈죠. 어른들은 그제야 박수를 치기 시작했습니다. 그 신인 음악가가 누군지 아세요? 바로 루치아노 파바로티예요.

어른들은 명성으로 사람을 평가하지만 순수한 어린이들은 모든 사람들을 똑같이 대했던 거죠. 파바로티는 그 어린이의 박수에 힘입어 세계적인 가수가 될 수 있었다고 합니다.

희망의 끈

중세 유럽 사람들은 이런 생각을 하고 있었는데요, 나쁜 신이 사람을 무너트리기 위해 무기를 세상에 내려보냈다고 말입니다. 그 무기는 황금과 권력, 그리고 술과 성적 욕구라고 했지요. 그래서 이런 것들을 멀리해야 한다고 가르쳤어요. 그런데 그보다 더 조심해야 할 무기가 있다고 강조한 것이 있습니다.

바로 희망의 끈을 놓지 말라는 거예요. 사람이 당당히 살 수 있는 것은 희망이 있기 때문인데요. 희망을 놓치게 되면 바람 빠진 풍선처럼 바로 무너져 내린다고 희망을 가장 중요하게 생각했던 것이지요.

지금 여러분들의 가슴속에는 희망이 가득 차 있는지 살펴보시구요, 희망이 부족하지 않도록 늘 자기 자신을 북돋아 주는 것이 필요할 듯합니다.

제2장 선(善)

최고의 배려

영국에 존 호프너라는 초상화 화가가 있었는데요, 호프너는 모델이 즐겁지 않을 때는 그림을 그리지 않았다고 해요. 기분이 언짢거나 걱정이 있는 상태로 모델을 하면 아름다운 표정이 나오지 않기 때문이죠.

음악가 하이든의 초상화를 그릴 때 그때 이미 하이든은 노쇠한 탓에 기력이 하나도 없었어요. 그래서 호프너는 하이든이 즐거울 수 있도록 악사들을 불러 연주를 해 주며 음악에 심취해 있는 하이든의 초상화를 완성할 수 있었죠. 그 초상화가 호프너의 대표작이 됐습니다.

상대방을 최대로 배려해 줬던 것이 호프너를 최고의 초상화 화가로 만들어 줬던 건데요, 한 번 깊이 생각해 볼 문제입니다.

아픔에서 나온 피터팬

 자라지 않는 아이 「피터팬」은 우리한테 아주 친근한 캐릭터인데요, 이 피터팬이 어떻게 해서 탄생된 것인지를 알면 가슴이 아프실 거예요. 피터팬의 작가 제임스 배리는 실제로 왜소증 장애인이예요. 그래서 늘 아이 취급을 받았죠. 제임스에게는 형이 하나 있었는데 어머니는 유난히 형을 편애했어요. 그런 형이 죽자 어머니는 비탄에 빠졌는데 그 후론 제임스에게 더욱 무관심했다고 해요.

 어머니로부터 사랑을 받지 못하고 장애 때문에 무시를 당하며 살았기 때문에 제임스 배리는 「피터팬」이라는 인물을 창조해 낼 수 있었던 것이지요. 아픔은 고통으로 끝나지 않고 새로운 창조의 힘이 될 수 있다는 것을 알 수 있습니다.

김효진 봄

가능성을 믿자

우리는 현재의 모습으로 사람을 평가하지만요, 그런 평가는 잘못되는 경우가 많습니다. 사람은 얼마든지 변할 수 있으니까요. 젊은 시절 피카소는 무척 가난했다고 해요.

어느 날 카페에서 빵과 커피로 굶주린 배를 채우고 나오면서 음식값을 내려고 하는데 주머니 속에 돈이 단 한 푼도 없는 거예요. 피카소는 미안해서 냅킨에 그린 카페 주인의 초상화를 내밀었죠. 주인은 빙그레 웃으면서 그 그림으로 음식값을 대신하면 된다고 피카소를 격려해 주었어요.

피카소가 유명하게 되었을 때 그 카페 주인은 그 그림을 수백만 달러를 주고 팔았다고 합니다. 만약 카페 주인이 그 그림을 받지 않고 음식값을 요구했다면 그는 그 많은 돈을 벌 수 없었을 거예요. 사람의 가능성을 믿어 주는 것, 그것이 세상을 크게 만드는 에너지가 된다는 생각이 듭니다.

서로 다른 해석

똑같은 말이지만 그것을 받아들이는 사람에 따라 전혀 다른 의미가 되지요. 같은 일을 하는 두 젊은이가 있었는데요, 회사 일이 너무 힘들어서 하루는 스승을 찾아가 어떻게 해야 할지를 물었어요. 스승은 "밥 한 그릇일 뿐이야." 라는 말씀을 하셨는데요. 그 말을 들은 두 젊은이는 서로 다른 결정을 내리지요. 한 젊은이는 회사를 그만뒀고, 또 한 젊은이는 회사에 계속 남아 더 열심히 일을 하기로 결심합니다.

10년의 세월이 흐른 후 두 사람의 운명은 크게 달라져 있었어요. 한 사람은 성공을 했고, 또 한 사람은 실패한 삶을 살고 있었어요. "밥 한 그릇일 뿐이야." 라는 말을 서로 다르게 해석했기 때문입니다. 실패한 사람은 밥 한 그릇을 하찮게 봤고 성공한 사람은 밥 한 그릇을 소중하게 생각했던 겁니다.

어떠세요? 성공의 비결은 작은 것을 소중히 생각하면서 꾸준히 노력하는 데 있다는 것을 알 수 있지요.

빈틈이 없는 지도자

세계를 움직인 사람들에게는 남다른 노력이 있었다는 생각이 들어요. 소아마비 대통령 루즈벨트는 아주 치밀한 성격이었다고 해요. 루즈벨트 대통령은 무슨 일로 어떤 사람을 만나느냐에 따라 휠체어를 사용하기도 하고 다리 보조기를 착용하기도 했다고 합니다.

2차 세계대전이 한창일 때 미국과 영국의 정상들이 비밀 회동을 하는 자리가 마련되었는데요, 루즈벨트 대통령은 비공개 자리임에도 불구하고 일어서서 영국의 처칠 수상을 맞이했다고 해요. 왜냐하면 전쟁 종식에 대한 강력한 의지를 보여 주기 위해서였지요.

그런 루즈벨트 대통령의 의지가 있었기 때문에 빠른 시일 내에 자유와 평화를 이루어 낼 수 있었다고 합니다. 소아마비 대통령 루즈벨트는 정말 빈틈이 없는 지도자였다는 생각이 드네요.

윤주현 꽃에 달린 화분

꿈을 꾸자

　여러분은 어떤 꿈을 갖고 계세요? 우리는 멋진 꿈을 품고 있기보다는 잘 안 될 거라는 불안감을 더 많이 갖고 있죠. 불안감 때문에 꿈은 발도 못 붙이고 있습니다. 우린 어쩜 어떻게 꿈을 꿔야 하는지 잘 모르고 있는지도 몰라요. 하루도 빼놓지 않고 상상을 하며 그것을 꿈꾸는 사람이 있었죠. 사람들은 그가 헛된 꿈을 꾸고 있다고 비난하기도 했지만요, 그는 머지않아 그 꿈을 실현시켜 많은 사람들을 꿈의 나라로 초대했어요. 그제야 사람들은 그가 멋진 꿈을 꿨다고 칭찬했습니다.

　그가 누군지 궁금하시죠? 바로 〈디즈니랜드〉를 만든 월트 디즈니예요. 상상과 꿈이 없었다면 〈디즈니랜드〉라는 꿈나라를 우리는 즐기지 못했을 겁니다. 당장 실현하기 힘들다 해도 많은 꿈을 꾸고 그 꿈이 이루어진다는 희망을 가져 보세요. 그 희망이 반드시 결실을 맺을 수 있을 거예요.

김형태 꽃

베풀면 얻으리라

어려운 사람들이 많이 사는 일본의 어떤 동네에 마주 보고 가게가 두 개 있었다고 해요. 한쪽 가게는 늘 손님들이 북적거렸지요. 그 집 주인은 무척 친절했거든요. 손님이 많아 잠시도 쉴 틈이 없었는데 어느 날 맞은편 가게 주인 얼굴에 근심이 가득 차 있는 것을 발견했죠. 그때부터 가게 주인은 물건을 절반 정도밖에 주문하지 않고 손님이 오면 맞은편 가게에는 그 물건이 있으니까 그곳에 가서 사도록 권했습니다.

그러자 점점 가게 손님이 줄어들었고 가게주인은 쉬면서 독서를 하거나 이런저런 상상을 하며 「빙점」이라는 소설의 줄거리를 만들어 냅니다. 미우라 아야꼬는 가게 손님이 줄어든 덕분에 「빙점」이란 역작을 만들어 낼 수 있었던 것이지요. 미우라의 이웃을 생각하는 마음이 장사를 하던 평범한 여자를 최고의 작가로 만들었던 것입니다.

남한테 베풀면 자기는 더 큰 것을 얻을 수 있다고 미우라는 말하고 있는데요, 정말 그 말이 설득력이 있지요. 남한테 베푸는 것, 그것은 곧 나를 위한 일이기도 합니다.

언어장애와 거짓말

작은 결점만 있어도 사람들은 큰 단점인 양 부풀리는데요, 캐나다의 총리였던 장 크레티앙은 많은 장애를 갖고 있었어요. 한쪽 귀가 잘 안 들리고 안면 근육 마비로 입이 삐뚤어져 발음이 어눌했죠. 하지만 그는 세 번씩이나 총리로 당선이 된 캐나다의 영웅이에요.

크레티앙의 장애는 선거 때마다 문제가 됐었죠. 한 번은 노골적으로 이런 소리를 들은 적도 있었죠. 한 나라를 대표하는 사람이 언어장애가 있다는 것은 국가적인 결점이 될 수도 있다는 뼈아픈 공격이었는데요, 그 말에 크레티앙은 이렇게 답변했어요. "말이 어눌한 것은 사실이지만 거짓말은 하지 않는다."고 단호하게 선언했는데요, 그 말이 크레티앙에 대한 국민들의 신뢰심을 더 확고히 해 주었습니다.

장애를 아무렇지도 않게 생각한 캐나다 국민들도 훌륭하단 생각이 듭니다.

세상에 나를 맞추자

세상이 자기에게 맞춰 주길 바라면 자기는 세상의 주인이 되지 못한다고 해요. 하지만 세상에 자기를 맞추는 사람은 언젠가 세상을 이기는 힘을 갖게 되기 때문에 당당히 세상을 호령할 수 있다고 합니다.

이 말은 상대방이 자기한테 맞춰지길 바라지 말고 자기가 상대방에 맞추는 것이 상대방을 자기편으로 이끌 수 있는 힘이 된다는 것으로 해석할 수 있겠죠.

윤주현 얼룩말과 개나리

눈웃음

사람을 대한다는 것이 쉬운 일은 아니죠. 상대방의 기분이 어떤지 알기 위해 눈치를 살피는데요, 눈치라는 단어에서도 알 수 있듯이 사람들은 상대방의 눈을 보면서 그 사람의 기분 상태를 파악하게 된다고 해요. 그래서 가장 먼저 웃어야 할 부분이 눈이라고 합니다. 눈이 웃어야 상대방 마음을 안심시킬 수 있고 그래야 우호적인 관계가 유지되기 때문이죠.

하지만 억지로 웃으려면 입은 웃는데 눈이 웃질 않는다고 해요. 눈은 긍정적인 마음을 갖고 상대방을 존중해야 웃을 수 있거든요. 그런데 이런 눈웃음이 사람들에게 희망을 준다고 하니까요, 눈이 웃을 수 있도록 마음을 편안히 갖고 상대방을 긍정적으로 바라보는 것이 필요할 듯합니다.

김효진 과일나라

적을 친구로

어제의 동지가 오늘의 적이 되는 경우를 많이 보게 되는데요, 어제의 적을 오늘의 동지로 만들어야 큰일을 할 수 있다고 합니다. 미국의 링컨 대통령에게 변호사 시절부터 링컨을 못마땅하게 여겼던 에드윈 스탠턴이라는 정적이 있었죠. 링컨은 대통령이 된 후 에드윈을 국방부 장관으로 임명을 했습니다. 주위에서 모두 말렸지만 링컨은 이렇게 말했죠. "적을 친구로 만드는 일이야말로 가장 큰 힘을 얻게 되는 것이다."라고 말입니다.

에드윈은 내각에 입각한 후 링컨 대통령을 정말 열심히 도왔다고 해요. 링컨 대통령이 총에 맞은 순간 에드윈 장관은 링컨 대통령을 부둥켜안고 통곡을 하면서 이런 유명한 말을 남겼지요. "여기 가장 위대한 사람이 누워 있다."라고 말이죠.

생활을 하다 보면 여러 가지 문제로 자기와 반대편에 선 사람들이 있는데요, 그 사람들을 멀리하기보다는 가까이하는 것이 더 도움이 된다는 것을 알 수 있는 예화였습니다.

김대현 봄빛에 조화스럽게 가미된 바다풍경

희망이 에너지이다

요즘처럼 경기가 침체돼 있을 때는 희망이 가장 큰 에너지가 될 거예요. 「해리포터」로 세계적인 작가가 된 조앤 롤링은 실직을 해서 생활이 궁핍했었다고 해요. 그런 롤링이 「해리포터」 하나로 부자가 됐죠.

롤링은 세상을 바꾸는 것은 마법이 아니라 상상력이라는 말을 했는데요, 사람들은 자기가 원하는 것을 얻기 위해 마법과 같은 일이 생기기를 바라고 있지만요, 실제로 그런 일은 생기지 않는다는 거예요.

지금의 힘든 상황이 확 변해서 성공하기를 원한다면 상상력을 키우는 것이 가장 중요하다는 것을 알 수 있습니다. 그 상상력은 희망에서 나온다고 하니까요. 희망을 갖는 것은 무엇보다 필요하겠죠.

용서라는 명약

　이런 얘기를 들었어요. 사회적으로 인정받고 있는 지위에 있는 분인데 만성 위장병으로 고생을 했죠. 어느 날 의사는 청진기를 내려놓고 그 환자와 대화를 하기 시작했는데요. 그 대화 중에 의사는 환자의 위장병을 치료할 수 있는 방법을 찾았어요. 그 환자의 가슴속에는 어렸을 때부터 갖고 있던 미움으로 꽉 채워져 있었던 거예요. 의사는 약 대신 이런 처방을 내렸지요, 그 사람을 조건 없이 용서해 주라고 말입니다. 그것이 명약이었어요. 오랫동안 고생하던 위장병이 말끔히 치료됐거든요.

　미움을 받는 사람보다 미워하는 사람이 더 힘들다는 것을 알 수 있습니다. 마음속에 미움을 담아 두지 마세요. 자기만 아프니까요. 조건 없이 무조건 용서하는 것이 좋습니다.

다른 사람을 이해해 주기

　자동차왕 포드가 이런 말을 했습니다. "내게 성공의 비밀이 있다면 그것은 다른 사람의 입장을 이해하고 사물을 다른 시각으로 바라보는 것이다."라고 말입니다.

　다른 사람의 입장을 이해하려고 했기 때문에 소비자를 만족시킬 수 있었구요, 사물을 다른 시각으로 바라봤기 때문에 새로운 제품을 개발할 수 있었을 거예요.

　다른 사람의 입장을 이해하고 사물을 다른 시각으로 바라보는 것이 성공의 비결이라는 것, 한 번 깊이 새겨 볼 필요가 있을 듯합니다.

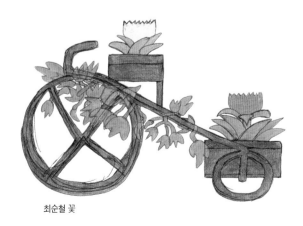

최순철 꽃

여섯 가지 감옥

사람한테는 여섯 가지 감옥이 있다고 합니다. 자기가 최고라고 생각하는 자기도취, 모든 것을 부정적으로 평가하는 비판, 안 될 것이라고 생각하는 절망, 예전에는 이랬었는데 하며 과거에 빠져 있는 것, 남을 무조건 부러워하는 선망, 그리고 질투심, 이 여섯 가지가 사람을 옴짝달싹 못하게 가두고 있다는 건데요. 자기 자신은 어떤 감옥에 갇혀 있나 생각해 보구요, 빨리 벗어나야 하지 않을까 합니다.

과거라는 벽

우리 마음속에는 아주 두꺼운 벽이 형성돼 있다고 해요. 바로 과거라는 벽인데요, 이 과거의 틀을 깨지 못하면 새로운 것이 들어갈 수가 없다고 합니다. 오늘은 새로워야 하는데 오늘도 여전히 과거 속에 있기 때문에 새로워질 수 없다는 거죠. 과감하게 과거에서 벗어나야 마음이 가벼워지구요, 그래야 새로운 마음으로 창의적인 일을 할 수 있다고 합니다.

자, 자기에게 과거의 벽이 있는지 생각해 볼 일입니다.

송석희

신념은 성취를 가져온다

비행기를 발명한 라이트 형제는 집안이 너무 가난해서 학교 교육을 제대로 받지 못했다고 해요. 자전거 수리공으로 일을 하고 있었죠. 라이트 형제가 살았던 100년 전만 해도 자동차가 지금처럼 보급이 안 됐기 때문에 자전거가 서민들의 교통수단이었어요.

자전거를 타고 달리면서 라이트 형제는 하늘을 나는 꿈을 꿨지요. 그 당시 모두들 라이트 형제의 꿈은 망상이라고 비웃었지만, 라이트 형제는 그 꿈을 반드시 이룰 수 있다고 믿었습니다. 성취의 힘은 신념이 아닌가 싶어요.

김효진

행복지수

 오늘을 살고 있는 우리들은 그 어느 때보다 풍요로운 삶을 살고 있지만 행복지수는 늘어나지 않고 있다고 해요. 그 이유는 행복에 대한 잘못된 생각 때문이라고 합니다. 남들보다 많이 가져야 행복하고 남들보다 높아져야 행복하다고 생각하고 있지만요, 부나 권력은 쾌락에 불과하다고 해요. 의미 있는 일을 하고 긍정적인 생각을 가져야 행복한 상태를 유지할 수 있다고 긍정 심리학의 대가인 마틴 셀리그먼이 말했죠.

 마틴 셀리그먼 박사가 우리나라를 찾아와 강연회를 가졌었는데 그때 한 얘기가 어떻게 싸워서 이기느냐보다는 어떻게 잘 사느냐가 중요하다는 거였습니다. 그리고 행복해지기 위해서는 주위 사람들과 기쁨을 나누라는 말도 했는데요, 그 주위 사람 가운데는 장애인을 비롯한 어려움 속에 있는 분들이 포함돼 있을 거란 생각을 해 봅니다.

세 가지 질문

하루를 정리하면서 자기 자신에게 물을 세 가지 질문이 있다고 합니다. '상냥했는가, 친절했는가, 할 일을 다했는가' 하는 질문인데요, 여러분들도 한 번 이 질문을 스스로에게 해 보세요. 그러면 자기가 얼마나 무뚝뚝했는지, 또 얼마나 불친절했는지, 그리고 할 일을 다하지 못했다는 반성을 하게 될 거예요. 이런 반성이 자기 자신을 상냥하고 친절하고 또 성실한 사람으로 만들어 갈 수 있다고 하네요.

이순진 꽃

에디슨의 실패

　모든 일은 쉽게 이루어지지 않죠. 알고 보면 많은 어려움 끝에 얻은 결과입니다. 전구를 발명해서 인간 세상에 밝은 빛을 선사한 발명왕 에디슨이 발명을 쉽게 한 것처럼 보여두요, 에디슨은 하나의 발명을 위해 심혈을 기울였습니다. 에디슨은 전구를 발명할 때 무려 2천 번 이상의 실험 끝에 성공을 했다고 해요. 이런 사실을 안 젊은 기자가 에디슨에게 물었지요. 그렇게 수천 번의 실패를 했을 때 포기하고 싶지 않았느냐고 말입니다.

　그러자 에디슨은 이렇게 대답했어요. 자신은 실패했다고 생각하지 않고 2천 단계를 거쳐서 전구를 발명했다고 생각한다고 말입니다. 실패라고 생각하면 거기에서 멈추게 되지만요, 과정이라고 생각하면 희망을 갖고 더 노력하게 되지요. 우리는 너무 쉽게 실패를 속단하지 않나 싶습니다.

미켈란젤로의 외모 콤플렉스

르네상스의 거장 미켈란젤로는 거인의 모습을 즐겨 조각했죠. 그의 대표작 〈다비드〉는 청춘의 에너지를 발산하는 거인으로 표현을 했는데요. 왜 미켈란젤로가 거인에 집착했는지 생각해 볼 필요가 있을 듯해요. 미켈란젤로는 외모 콤플렉스를 갖고 있었다고 합니다. 아주 왜소하고 병약했거든요. 그리고 추한 외모를 갖고 있었다고 합니다. 그의 예술적 영감은 이러한 결핍에서 나왔다는 것을 알 수 있습니다.

부족한 것이 단점이라고 생각하지만요, 미켈란젤로처럼 부족한 것이 큰 장점을 만들어 낸다는 것을 알 수 있습니다. 결핍이 승화되면 더 큰 일을 할 수 있다는 것을 기억하면서 단점을 소중하게 생각했으면 합니다.

김형태 자화상

시각장애인 공학박사

　세계 최대의 검색 엔진 〈구글〉 연구원 가운데 라만이라는 사람이 있는데요, 그는 인도 출신이예요. 라만은 미국의 코넬대학에서 컴퓨터공학 박사학위를 받았죠. 그의 박사학위 논문은 전자문서를 음성화하는 것이었어요. 그리고 현재는 시각장애인을 위한 미래형 휴대전화기를 개발하고 있다고 해요. 라만은 이런 일들을 시각장애 속에서 해냈습니다.

　라만은 14세 때 녹내장으로 시력을 잃었지만 어렸을 적 꿈인 과학자의 꿈을 포기하지 않았죠. 라만 덕분에 PDF 파일을 음성화하는 기술이 개발됐구요, 시각장애인이 인터넷을 검색할 수 있게 된 것도 라만 덕분이라고 하네요. 시각장애인 과학자 라만이 시각장애인을 위해 정말 큰 역할을 했다는 것을 알 수 있습니다.

모래시계와 인생

   사상가 데일 카네기는 우리 인생을 모래시계에 비유했어요. 위에 가득 차 있던 모래들이 시간이 흐르면서 조금씩 조금씩 아래로 빠져나가듯이 우리 인생도 그렇게 천천히, 천천히 할 일을 이루어 간다는 거예요. 모래시계는 한꺼번에 내려 보내려고 하면 막혀 버리듯이 우리 삶도 욕심을 부려서 한꺼번에 얻으려고 하면 실패하고 만다는 교훈을 주고 있지요.

   우리는 뭐든지 속성으로 빨리 이루려고 하는데요, 우리 맘처럼 되지 않는 것은 우리 인생의 속도가 모래시계에 맞춰 가고 있는 것이 아닌가 싶습니다.

송희중 교실안의 풍경

나를 위한 용서

중국 명언에 '남을 용서하기에 인색하지 말라' 는 말이 있습니다. 남을 용서할 마음의 여유를 가져야 한다고 했죠. 남을 용서할 줄 모르는 사람의 마음은 늘 미움에 차 있어서 평안을 누리기 어렵다고 했습니다. 그러니까 용서는 남을 위해서 하는 것이 아니라 자기 자신을 위해서 하는 것임을 알 수 있습니다.

용서한다는 것은 마음속에 있는 미움을 버리는 것이죠. 그리고 그 사람을 향해 미소 짓는 것입니다. 그러면 나도 그 사람도 마음이 편안해질 거예요.

최순철 과일

탈바꿈

괴테가 이런 말을 했어요. "현재의 상태로 사람을 평가하는 것은 모독이다."라구요. 사람의 미래에는 많은 희망이 있기 때문입니다. 자기 자신도 지금의 상태로 좌절하고 포기하는데요, 그건 정말 어리석은 일이죠. 우리의 미래는 우리가 원하는 대로 열릴 수 있다는 자신감을 갖는 것이 필요합니다.

성공한 사람들의 과거를 보면 하나 같이 보잘것없었던 시절이 있었어요. 번데기가 나비가 되듯이 사람도 몇 차례 탈바꿈을 하면서 발전을 합니다. 어떤 모습으로 변할지 알 수 없는 것이 사람인데요, 멋진 모습으로 탈바꿈될 것이란 기대로 희망을 갖는 것이 필요합니다.

존경

    사람이 사람을 좋아하게 되는 데는 여러 가지 이유가 있지요. 그 사람을 정말 좋아하게 되는 가장 큰 이유는 존경하는 마음이 있기 때문일 거예요. 그 사람에게서 자기와 다른 멋진 면을 발견했을 때 부러움과 함께 닮고 싶은 마음이 생기는데 이것이 바로 존경이죠. 존경은 수수한 옷을 입은 사랑이래요. 그래서 소리를 지를 정도로 눈이 부시지는 않지만 은은한 매력으로 우리 가슴을 서서히 감동시킵니다. 수수한 아름다움으로 사랑을 느끼게 하는 사람들이 많았으면 합니다.

이순진 자화상

만나고 싶은 사람

　사람들 중에는 만나고 싶은 사람이 있고, 만나기 싫은 사람이 있죠. 그리고 만나나 마나 한 사람이 있는데요, 자기는 사람들에게 어떤 사람이 되고 있는지 생각해 볼 일입니다. 만나기 싫은 사람이 되어서도 안 되겠지만 만나나 마나 한 사람이 되는 것도 슬픈 일이죠. 아무런 의미가 없는 사람이란 뜻이니까요.

　꼭 만나고 싶은 사람이 되려면 상대방을 배려해 주고 기쁨을 주기 위해 노력해야 한다고 합니다.

이순진 꽃

진짜 부자

우리는 사람들이 무엇을 갖고 있는가를 중요하게 생각하지요. 그래서 그 사람이 얼마나 부자인지를 알아보려고 합니다. 하지만 우리가 알고 있는 부자는 가짜인 경우가 많을 거예요. 진짜 부자는 자기가 살고 있는 집이 호화로운 것이 아니라요, 감싸 주고 사랑해 주는 마음의 집이 넓은 사람이거든요.

아무리 좋은 집을 갖고 있어도 마음의 집이 없으면 그 사람은 가난한 사람이지요. 그리고 아무리 비싼 옷을 입고 있어도 양심이 헐벗었으면 가난해 보입니다. 그래서 부자가 되고 싶으면 마음의 집부터 마련하구요, 옷치장보다는 양심의 옷을 먼저 입어야 합니다.

세 가지 유형의 대화

사람들과 대화를 나누다 보면 대개 세 가지 유형의 사람이 있다는 것을 알게 됩니다. 자기 말만 하고 남의 얘기를 듣지 않는 사람이 있는가 하면요, 남의 말만 듣고 자기 얘기를 일체 하지 않는 사람이 있습니다. 그런가 하면 상대방 의견을 먼저 듣고 조심스럽게 자기 의견을 말하는 사람들이 있지요. 자기 말만 하면 수다스러워 보이구요, 말을 하지 않으면 답답해 보이지요. 상대방의 얘기를 듣고 자기 말을 하면 신중해 보입니다. 여러분은 어떤 대화 방법을 하고 있는지 한 번 생각해 보세요.

동물학자 후버는
시각장애인이었다

그리스 제네바에서 활동했던 유명한 동물학자 후버가 시각장애인이었다는 사실을 알고 계세요. 후버의 꿀벌 연구는 아직도 걸작이란 평가를 받고 있죠. 후버는 17세 때부터 앞을 볼 수 없게 됐는데요. 세심한 관찰력과 날카로운 시각으로 자연사에 훌륭한 업적을 남겼어요.

특히, 꿀벌의 습관을 찾아내서 꿀벌을 이해하는 데 결정적인 역할을 했죠. 후버가 시각장애 속에서 연구를 할 수 있었던 것은 그의 눈이 되어 준 부인이 있었기 때문입니다.

부인이 보이는 대로 설명해 주면 후버는 그것을 머릿속에 담아 자기만의 방식으로 관찰하며 연구를 했죠. 후버는, 시력을 되찾는다면 자신은 불행해질 것이라며 시각장애를 아주 긍정적으로 받아들였다고 해요.

시각으로 하는 연구도 시각장애인이 해냈다면 시각장애 때문에 하지 못할 일이 전혀 없다는 생각이 듭니다.

지혜와 후회

　영국 속담에 이런 말이 있어요. '지혜는 듣는 데서 오고 후회는 말하는 데서 온다'고 말입니다. 우리가 지혜롭지 못한 것은 남의 말에 귀를 기울이지 않았기 때문이죠. 그리고 우리 삶이 후회 투성이인 것은 우리가 너무 말을 많이 했기 때문일 겁니다. 많이 듣고 신중히 말하면 후회 없이 지혜롭게 살 수 있겠죠.

하윤철 꽃

변화에 대한 열망

세상은 변화에 대한 열망을 가진 사람에 의해 발전되어 왔다고 해요. 세상이 발전하는 것은 변화에 대한 욕망을 행동으로 옮기는 사람들이 있기 때문이죠. 변화는 기회를 만들어 주고 기회는 축복의 도화선이 된다고 하는데요, 축복을 원한다면 변화에 대한 열망부터 가져야 합니다.

다른 시각으로 보기

우리는 새로운 것들을 볼 줄 알아야 한다고 강조하지만요, 새로운 것을 본다는 것은 모든 것을 다른 시각으로 본다는 것을 뜻합니다. 다른 시각으로 보면 남들이 보지 못했던 것들이 눈에 띄거든요. 그런데 다른 시각으로 본다는 것은 다른 사람을 이해하고 배려하는 마음에서 생겨난다는 것을 알았으면 합니다.

김대현 화사하게 피어나는 봄날에

세 가지 여유로움

이런 말 들어 보셨어요? 사람은 평생 세 가지 여유로움을 즐길 수 있어야 행복한 삶이 된다고 합니다.

우선 하루는, 저녁 시간이 여유로워야 한다고 해요. 저녁때가 되면 가족들이 다 집에 들어와서 하루의 피로를 푸는 시간이니까요. 그리고 1년은, 겨울이 여유로워야 한다고 하는 것은 1년 농사가 잘 돼서 먹을 양식 걱정 없이 지낸다는 경제적인 안정을 뜻합니다. 또 일생으로 보았을 때는, 노년이 여유로워야 하는데요. 그것은 자식들이 잘 성장해서 근심 걱정 없는 상태를 말합니다.

사람의 행복은 이렇게 가족들과 함께 이루어진다는 것을 알 수 있는데요. 우리 가족들은 이 세 가지 여유로움을 얼마나 즐기고 있는지 돌아볼 일입니다.

위대한 평화주의자

　미국의 역사학자들이 가장 특이한 인물로 로버트 리를 꼽았는데요, 로버트 리는 남북전쟁 당시 남군 사령관이었어요. 그는 남군뿐만이 아니라 북군들도 좋아했다고 해요. 그 이유는 남군이다 북군이다 하는 구분을 짓지 않고 모든 사람들을 똑같이 대했기 때문이죠.

　역사학자들이 로버트 리가 남긴 편지나 일기, 또 연설문 같은 모든 문건을 조사해 봤는데 그는 적군이란 표현을 단 한 번도 사용하지 않았다고 하네요. 그래서 로버트 리는 군인이지만 적군이 없었던 위대한 평화주의자였던 거예요.

　적군을 만들지 않는 것, 이것이 행복해지는 최고의 비결이 아닌가 싶습니다.

주선이

최미애 자유화

침묵의 수상 소감

이런저런 영화제가 많은데요, 영화제에서 상을 받은 배우들은 눈물을 글썽거리면서 수상 소감을 말하죠. 그런데 가장 감동적인 수상 소감을 말한 배우로 1976년 영화 〈뻐꾸기 둥지 위로 날아간 새〉에서 열연해 아카데미 여우주연상을 받은 루이스 플래처를 꼽습니다.

루이스는 수상 소감을 부탁하자 아무 말 없이 수화로 객석에 앉아 있는 부모님을 향해 감사의 뜻을 전했지요. 루이스의 부모가 청각장애인이었거든요. 그때 처음 사람들은 영화배우 루이스 플래처가 청각장애인 부모에게서 태어났다는 사실을 알았지요. 부모의 장애를 떳떳이 밝힌 루이스에게 사람들은 더 많은 사랑을 보냈다고 합니다.

솔직함이 매력이다

　사람을 끄는 인간적인 매력이 있는 사람이 있는데요. 그 느낌
은 어디에서 생기는 것일까요. 그것은 솔직함에서 나오지 않을
까 해요. 그런데 그 솔직함은 자신감과 겸손함에서 비롯되죠. 자
신감이 있기 때문에 솔직할 수 있는 거구요, 겸손하기 때문에 솔
직하게 모든 것을 드러내는 것이거든요. 인간적인 매력은 사람
을 휘어잡는 큰 역할을 하는데요. 그런 힘을 갖고 싶으면 솔직하
고 겸손해야 한다는 것, 꼭 기억했으면 합니다.

김형태 꽃

행복의 파장

행복이란 뭘까요? 흔히 아무 일 없이 편안하게 지내는 것이 행복이라고 생각하죠. 하지만 행복은 어떤 파장도 없는 잔잔한 삶이 아니라요, 파장이 자기가 원하는 대로 일어나는 것이라고 해요. 고인 물은 썩기 마련이지만 그렇게 파장이 일어난다는 것은 발전을 향해 변화하고 있다는 뜻이거든요.

그러니까 변화를 두려워할 것이 아니라요, 그 변화를 행복의 파장이라고 생각하고 변화를 즐겨 보세요. 짜릿한 행복이 느껴질 겁니다.

문득 안 되면 되게 하라는 말이 생각납니다. 불가능해 보이는 일도 얼마든지 할 수 있는 방법을 찾을 수 있다는 뜻이죠.

얼굴 표정과 기분

 얼굴 표정이 기분을 만든다고 합니다. 그러니까 기분이 좋아서 얼굴 표정이 밝아지는 경우도 있지만요, 얼굴 표정을 밝게 지어서 기분이 좋아지는 경우도 많다고 해요. 별로 기분 나쁜 일이 없는데도 항상 인상을 찌푸리고 있는 사람들이 있는데요, 그런 얼굴을 하고 있으면 공연히 우울해집니다. 얼굴 표정이 기분을 만든다고 하니까요. 기분이 좋아지려면 얼굴 표정부터 환하게 지어야겠죠.

신지은 송희중

끊임없는 도전

성공한 사람들의 얘기를 들어 보면 정말 열심히 살았다는 것을 알게 됩니다. 개인용 애플 컴퓨터를 발명해 백만장자가 된 스티브 잡스는 정말 영화 같은 삶을 살았지요. 잡스는 사생아로 출생해서 엄마 얼굴도 모르는 채 입양이 됐어요.

잡스는 대학을 중퇴하고 일을 해야 할 만큼 가난한 생활을 했습니다. 애플 회사에 입사해서 큰 공적을 남겼지만 그의 독주를 두려워한 경영진이 그를 해고시킵니다. 잡스는 재기할 수 없을 것처럼 보였지만요, 애니메이션 회사를 인수해서 〈토이 스토리〉를 성공시켜 화려하게 부활을 합니다.

잡스를 해고시킨 애플사는 적자에 허덕이자 잡스를 다시 불러오는데요, 애플에 대한 애정이 남달랐던 잡스는 복직해서 1년 만에 회사를 흑자로 회생시킵니다.

그런데 잡스에게 또 다른 시련이 찾아왔어요, 췌장암으로 몇 개월밖에 살지 못한다는 선고를 받았거든요. 하지만 잡스는 병마와 싸우면서 도전을 계속하고 있습니다. 잡스는 아직도 건강한 모습으로 리더십을 발휘하고 있는데요, 그것이 정말 전 세계 많은 사람들에게 희망을 주고 있습니다.

마음의 찌꺼기

집안에 쓰레기가 많으면 냄새도 나고 지저분하지요. 아무리 좋은 물건이 들어와도 그 쓰레기들 때문에 빛이 나지 않습니다. 마음도 마찬가지예요. 마음속에 버려야 할 마음의 찌꺼기가 남아 있으면 좋은 마음이 있어도 빛이 나지 않습니다.

미움이나 불쾌감 같은 마음의 찌꺼기가 사랑이나 유쾌감 같은 좋은 마음을 희석시키는 건데요, 좋은 마음이 없어지는 것은 많은 사람들에게 피해를 주지요. 그래서 우리 마음속에 버려야 할 마음의 찌꺼기가 남아 있다면 얼른 털어 버려야 합니다. 그래야 그 자리에 좋은 마음이 들어올 수 있을 거예요.

김효진 과일

자기 시간을 알자

"너 자신을 알라."는 철학자의 말을 실천하기는 참 어렵죠. 하지만 우리가 마음만 먹으면 알 수 있는 것이 있습니다. 바로 자기 시간을 아는 겁니다. 자기 시간을 안다는 것은 자기가 무엇을 할지 안다는 뜻이 되는데요, 이것은 사회에 대한 자기 책임을 다하게 만들기 때문에 사회적으로 인정받는 사람이 되게 합니다.

자기 자신을 모르면 자기 시간이라도 알아야겠죠. 그래야 자기 책임을 다 하는 사람이 될 수 있을 테니까요.

인내의 힘

고난에 처해 있을 때는 그 고난의 터널이 끝없이 이어져서 밖으로 나갈 수 없을 것 같은 생각을 합니다. 한마디로 그 터널을 통과할 수 없을 것 같단 생각을 하지요. 그래서 희망을 포기하게 되는데요, 고난의 터널은 반드시 통과된다고 해요. 그러니까 힘들더라도 조금 더 참는 인내가 필요합니다.

고통의 시기를 이길 수 있는 것은 인내밖에 없다고 하거든요.

최순철 꽃다발

성공과 오만

중국 학자 관자가 이런 말을 했습니다. "성공은 노력에 의해 성취되고 오만으로부터 무너진다." 성공하기 위해 기울이는 노력은 크지만 그 성공을 무너트리는 것은 단 한 번의 오만이라고 합니다. 세우기는 힘들어도 무너지는 것은 너무 쉽다는 것을 알수 있죠.

성공은 노력에 의해 성취되고 오만으로부터 무너진다는 말, 잘 새겨 두시기 바랍니다.

송희중

어떤 선물

옛날에 한 부자가 살고 있었는데요, 그 부자는 평생을 자신만 위해 살아온 것을 후회하면서 남을 위해 뭔가를 하고 싶다는 생각이 들었어요. 그래서 부자는 큰길가에 구덩이를 파고 그 위에 큰 돌을 올려놓았죠. 사람들은 그 돌을 보고 화를 내며 돌을 피해 갈 뿐 아무도 그 돌을 치우려 하지 않았어요.

그런데 한 젊은이가 끙끙거리며 돌을 옮기기 시작했는데요, 돌 밑 구덩이에 자루가 있는 거예요. 그 자루 속에는 보석이 가득 채워져 있었죠. 그 위에 이런 쪽지가 보였어요. '남을 위해 큰 돌을 치운 사람에게 주는 상이니 받아 가시길 바랍니다'

어떠세요? 남을 위하는 마음을 갖고 있으면 반드시 좋은 선물을 받게 된다는 것을 일깨워 주고 있죠. 그 선물이 주는 행복이 남을 위해 수고한 고통보다 더 크다면 그것은 좋은 선물이라고 말할 수 있을 겁니다.

세 가지 실천하기

지금 당장 실천해서 좋을 세 가지가 있는데요. 그것은 사랑하기, 감사하기, 겸손하기라고 합니다. 사랑을 하면 미움이 사라져서 좋구요, 감사하면 불만이 줄어서 좋다고 해요. 그리고 겸손하면 욕심이 없어져서 좋죠.

사랑하기, 감사하기, 겸손하기를 잘 실천하면 자기 자신도 행복하고 다른 사람들에게 피해를 주지 않아서 모두에게 좋은 거라고 합니다.

김효진 식물

자신에게 소중한 것들

　톨스토이는 사람에게 필요한 질문 세 가지가 있다고 했죠. 하나는 나에게 가장 중요한 사람은 누구인가를 묻는 것인데요, 그 대답은 바로 내 앞에 있는 사람입니다. 두 번째 질문은 가장 중요한 일은 무엇일까인데 그것은 바로 자기가 하고 있는 일이라고 해요. 그리고 가장 중요한 시간이 언제인가를 생각해 본다면 그것 역시 지금이란 해답이 나옵니다.

　우리도 자신에게 이 세 가지 질문을 하면서 나 자신에게 소중한 것들을 놓치지 않았으면 합니다.

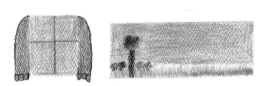

송석희

누군가를 좋아한다는 것

　누군가를 좋아하는 마음이 생기면 그 사람을 위해 무엇인가를 하고 싶어지죠. 그리고 그 사람을 위해서 나 자신을 변화시키고 싶어진다고 합니다. 그래서 사랑하는 사람이 생기면 외모도 더 예뻐지고 정신적으로도 더 성숙하게 되죠. 좋아하는 사람 때문에 자기 발전을 위해 더 많은 노력을 기울이는 겁니다.

　누군가를 좋아한다는 것, 정말 소중한 일이 아닌가 싶습니다.

긍정의 힘

모든 것이 가능하다고 생각하는 사람은 모든 것을 할 수 있는 사람이라고 합니다. 그러니까 모든 것이 불가능하다고 생각하는 사람은 모든 것을 할 수 없는 사람이죠. 어떤 일을 할 수 있는지 없는지를 정하는 것은 그 사람의 마음이라는 것을 알 수 있습니다.

생각을 긍정적으로 가지면 이루고자 하는 모든 것을 이룰 수 있다고 하니까요, 할 수 없다는 부정적인 생각부터 버려야겠지요.

김대현 말을 타고 힘차게 달리는 두사람

안내견의 책임감

　말 못하는 동물도 책임감이 있는 듯합니다. 최근 영국에서는 시각장애인 안내견 카멧의 사연이 많은 사람들을 감동시키고 있다고 해요. 시각장애인 주인이 길을 잃을까 봐 193km의 긴 여정을 마치고 집에 도착하자마자 바닥에 쓰러져 사망을 했거든요.

　주인은 데이비드 쿠암비 씨인데요, 쿠암비 씨는 전국장애인네트워크 의장이어서 버밍험에서 열리는 회의에 참석을 하고 맨체스터를 거쳐 집이 있는 허더즈필드로 돌아오는 길이었어요. 카멧이 힘들어하고 있다는 것은 느꼈지만 사망을 할만큼 아픈 줄은 몰랐다며 카멧의 죽음을 안타까워했습니다.

　비장에 생긴 종양 때문에 카멧은 많이 아팠지만 주인을 위해 사력을 다했던 것인데요, 이 사연이 세상에 알려지면서 사람들은 시각장애인 안내견이 얼마나 책임감이 강한지를 알게 됐다며, 시각장애인 안내견에 대해 다시 생각하게 됐습니다.

　우리도 거리에서 시각장애인 안내견을 만나면 친절하게 대해주었으면 합니다.

가까이하고 싶은 사람이 되려면

　사람들이 자기를 피하고 있다고 생각해 보세요. 그건 정말 슬픈 일이죠. 사람들이 자기와 가까워지고 싶어 한다면 그것처럼 행복한 일은 없을 거예요. 어떻게 해야 가까이하고 싶은 사람이 될까요? 늘 웃고 다른 사람에게 친절하고 자기 일을 열심히 하는 사람이 바로 가까이하고 싶은 사람이래요.

　어떠세요? 한 번 시도해 보시지 않겠어요?

송석희

단점의 힘

일본 마쓰시다 그룹의 창업자 마쓰시다 고노스케는 성공의 비결을 묻는 사람들에게 이렇게 말했다고 해요. "가난과 못 배움은 내 성공의 원천이었다."고 말예요. 가난했기 때문에 부지런히 일했고 못 배웠다는 사실 때문에 모든 사람들로부터 배우려고 했던 것이 특별한 능력을 키워 주었다고 했죠.

가난하고 배우지 못했다는 단점을 오히려 장점으로 살렸던 것이 성공의 원천이 됐던 것이지요. 단점이 오히려 큰 힘이 될 수 있다는 것을 알아야겠습니다.

이순진

사랑을 받는 방법

사람은 누구나 사랑받고 싶어 하는데요, 어떻게 해야 사랑스러워지는지 소개하는 글을 읽었어요.

첫째, 거울 속의 자신을 보고 미소를 짓는 거래요. 자기 자신에게 웃어 주어야 다른 사람들도 자기를 보고 웃는다는 거예요. 둘째, 사람들에게 칭찬의 말을 건네주래요. 그 칭찬에 상대방은 당장 호의적인 태도를 보인다는 거죠. 셋째, 잘못을 인정하고 잘한 일에 침묵하래요. 그러면 사람들이 호감을 갖게 된다고 합니다.

이 세 가지를 당장 실천하면 좋은 일이 많이 생기지 않을까 싶네요.

윤주현 꽃동산

불행을 고치는 약

　아프면 약을 먹듯이요, 불행하다는 느낌이 들 때도 약을 먹어야 한다고 해요. 불행을 고치는 약이 뭔지 아세요? 바로 희망입니다. 이 약은 자기 자신이 조제할 수 있으니까요, 불행하다고 느껴질 때는 얼른 희망이란 약을 만들어야겠죠. 불행을 고치는 약은 오직 희망뿐이라는 처방을 한 사람은 셰익스피어인데요, 그 말은 문학 이상의 철학이 담겨져 있지 않나 싶습니다.

웃음

　오늘 하루 얼마나 웃으셨는지요. 웃으면 복이 오고 웃음이 건강에 좋고 하면서 웃음의 중요성을 강조하고 있는데요, 웃음이라고 해서 모두 좋은 것은 아니라고 해요. 정말 좋은 웃음은 모든 사람이 함께 웃는 것이라고 합니다. 일체감을 느끼면서 웃는 웃음이 가장 건강에 좋다고 하니까요, 여러 사람이 있을 때는 웃음을 유도해 보는 것이 좋겠지요?

김효진 과일

최고가 되는 길

가끔 혼자만의 시간을 가져 보면서 나는 내 인생에 얼마나 치열한가 한 번 생각해 볼 필요가 있을 듯해요.

일본 도쿄에 있는 한 시립병원에 카도히데야키라는 심장 전문의가 있는데요, 그의 수술 성공률은 98%로 명성이 자자하지요. 그는 수술을 하기 전에 실제 상황처럼 똑같이 세 번씩 연습을 한다고 해요. 아무리 유능한 의사여도 실수를 할 수 있는데 자신의 작은 실수는 생명을 위협하기 때문에 미리 연습을 하고 수술을 할 때도 현미경을 놓고 최선을 다한다고 하더군요.

이렇게 자신의 일에 최선을 다한 것이 시립병원의 의사를 최고의 명의로 만들었던 것입니다.

정석윤 색조화

불행을 행운으로

성공의 기회는 자신이 만드는 것이라고 합니다. 돌이 날아오면 사람들은 그것을 발로 차 버리기 때문에 발을 다치게 된다고 해요. 돌이 날아오면 그 돌을 잘 받아서 그것으로 주춧돌을 삼으라는 말이 있습니다.

이 말은 불행조차도 소중히 여기면 행운이 될 수 있다는 뜻입니다. 힘든 순간을 넘기면 반드시 좋은 일이 생긴다는 것, 꼭 기억해 두시기 바랍니다.

자기로부터 시작

동양 속담에 이런 말이 있습니다. '자기 자신에게 이기는 것이 자유를 얻는 가장 좋은 방법'이라고 말입니다. 그리고 자기 자신을 억제하는 것, 그것이 다른 사람의 지배를 받지 않는 가장 좋은 방법이라고 했습니다. 다른 사람의 지배를 받는 것은 자기 자신을 억제하지 못했기 때문이구요, 자신의 삶이 얽매여 있다고 생각하는 것은 자기를 이기지 못했기 때문입니다.

모든 것이 자기 자신에게서 시작한다는 것을 알 수 있지요.

감사하는 마음

"자기가 가지고 있는 것에 감사하라."고 쇼펜하우어가 말했는데요. 우리는 무엇을 가지고 있는지조차 모르고 있습니다. 언제나 나에게 없는 것만을 생각하죠. 그래서 없는 것을 구하기 위해 이리저리 애쓰다가 자기가 갖고 있는 것마저 없애는 경우가 있습니다.

행복해지고 싶은 분들은 내가 지금 무엇을 갖고 있는지부터 찾아보고 그것에 감사하는 마음을 가져야겠죠.

최미애 꽃

좋은 생각

'솟아 나오는 나쁜 생각을 누르고, 퍼져 나가는 못된 생각을 차단하고, 자리 잡는 부끄러운 생각을 흔들어 깨워 놓으면 좋은 생각이 번져 나갈 것입니다' 라는 짧은 글을 발견했는데요. 정말 맞는 말이죠.

좋은 생각을 한다는 것은 나쁜 생각을 하지 않을 때 생겨나는 것입니다. 자기 안에 있는 나쁜 생각, 못된 생각 그리고 부끄러운 생각들부터 없애야겠습니다.

기다림

   뭔가를 기대하고 있다면 그것이 혹시 욕망은 아닌가 생각해 볼 필요가 있다고 해요. 기다림은 무엇이든지 받아들이기 위한 마음의 준비여야 한다고 하거든요. 우리가 희망을 갖는 것도 하나의 기다림일 텐데요. 좋은 일이 생기기를 희망한다면 욕심을 버리고 열심히 노력하면서 결과를 조용히 기다리는 것이 필요하단 생각이 듭니다.

송석희 여름, 여유

자기편 만들기

사회생활을 하다 보면 자기와 경쟁 관계에 있는 사람이 꼭 있게 마련이죠. 그 사람을 이기려고 하다 보면 적대적인 관계가 되곤 하는데요, 그 사람을 이기는 가장 좋은 방법은 그 사람과 친구가 되는 거라고 해요. 경쟁을 한 사람 하고만 하면 발전이 없으니까요, 더 큰 경쟁자를 상대로 실력을 향상시켜 나가는 거예요.

우리는 자기편을 만들지 못하고 모든 사람과 경쟁을 하기 때문에 늘 소모적인 싸움만 하게 되는데요, 이제부터는 경쟁의 목표를 크게 잡아서 더 큰 목적을 위해 경쟁을 해 보세요. 그러면 정말 위대한 승리를 이끌어 낼 수 있을 거예요.

언어장애가 만든 명연설

언어장애가 있었던 영국의 윈스터 처칠 수상은 명연설가로 유명하지요. 처칠은 언어장애 때문에 말을 길게 하지 않았다고 해요. 그래서 짧게 표현했는데 그것이 관중들에게 강한 인상을 심어 주었어요. 2차 세계대전으로 피폐해진 영국인을 다시 일으켜 세운 것은 바로 이 말 한마디 때문이었습니다.

"결코, 결코, 결코 포기하지 않습니다."

결코라는 말을 반복한 것은 처칠의 언어장애에서 비롯된 것이지만 사람들에게는 수상의 강력한 의지를 전하는 명연설이 됐던 것입니다. 장애로 손해만 보는 것은 아니죠.

주선이

주고 또 주면

참다운 행복은 받는 것이 아니라 주는 것이란 말이 있습니다. 그런데 우리는 지금 받고 싶어 하고 있죠. 진정 행복해지고 싶은 분들은 내가 남을 위해 무엇을 줄 수 있는가를 생각해야 합니다. 줄 수 있는 것을 찾아 바로 행동으로 옮기면 원하는 행복을 얻을 수 있습니다. 주고 또 주고 한없이 주면 행복의 크기도 점점 더 커지겠지요.

정석윤 배경

해커의 원조는 시각장애인

부정적인 의미로 사용되고 있는 '해커'라는 단어는 원래 그런 나쁜 의미가 아니었다고 해요. 컴퓨터 시스템에 심취해서 뛰어난 능력을 가진 사람을 뜻하는 단어였죠. 해커들 사이에서 신화적인 존재가 되고 있는 사람이 있어요. 바로, 미국 버지니아주에서 태어나 샌프란시스코대학에서 수학을 전공한 조이 버블스인데요, 그는 IQ가 172나 되는 수재였죠.

그런데 더 놀라운 것은, 조이 버블스가 시각장애인이었다는 사실이예요. 그는 4세 때부터 전화기에 집착해 전화 통신의 원리를 다 알고 있었죠. 그는 무료로 장거리 전화를 이용할 수 있는 방법을 찾아내 외국의 젊은이들과 토론하기를 즐겼어요.

조이 버블스는 원리를 파악하는데 탁월한 능력을 갖고 있었기 때문에 애플 창업자인 스티브 잡스도 그를 찾아와서 조언을 구했다고 합니다. 조이 버블스는 2007년도에 세상을 떠났는데요, 세계해킹대회에서 그를 추모하는 행사를 열기도 했죠.

조이 버블스가 시각장애인이었다는 것을 생각하면 시각장애인이 컴퓨터나 통신 분야에서 능력을 발휘하는 것이 가능하다는 것, 이해가 됩니다.

아름다운 보은

베풀면 그것이 베푼 사람에게 다시 돌아온다는 것이 맞는 말인 듯싶어요. 윈스턴 처칠은 어린 시절 무척 나약했대요. 한 번은 강에서 수영을 하다가 익사할 뻔했는데요, 그때 강물로 뛰어들어 처칠을 구해 준 소년이 있었지요. 그 소년은 정원사의 아들이었어요.

처칠 아버지는 그 소년에게 아들을 구해 준 것에 대한 고마움으로 학비를 지원해 줬어요. 세월이 흘러서 처칠은 영국 총리가 됐죠. 처칠이 총리가 돼 이란을 방문했을 때 급성 폐렴에 걸려 자리에 눕고 말았어요. 이란 국왕은 폐렴 치료의 최고 권위자인 플레밍 박사를 처칠에게 보냈죠.

플레밍 박사는 처칠을 단 하루 만에 치료해 줬는데요, 처칠은 플레밍 박사를 보고 가족을 만난 듯이 깊은 포옹을 했습니다. 플레밍 박사는 어린 시절 자신의 목숨을 구해 준 바로 그 정원사 아들이었거든요.

플레밍 박사는 처칠 아버지의 학비 지원으로 훌륭한 의사가 될 수 있었던 거죠. 이렇게 서로 도우면 더 큰 일을 해낼 수 있을 거예요.

순서를 바꿔서 하면 된다

우리는 해야 할 일과 하고 싶은 일 사이에서 방황하고 있는데요. 해야 할 일을 먼저 하고 나면 하고 싶은 일을 할 수 있는 날이 온다고 해요. 그런데 우리는 해야 할 일은 하지 않고 하고 싶은 일을 먼저 하기 때문에 두 가지 일을 다하지 않은 결과가 되고 말지요.

일의 순서를 바꾼다고 생각해 보세요. 해야 할 일을 먼저 하고 하고 싶은 일을 나중에 한다고 말입니다. 그러면 두 가지 일을 다할 수 있게 될 거예요.

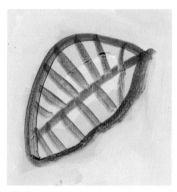

김효진 잎

아름다움을 만들려는 노력

마음에 여유가 생기면 시각부터 여유가 생긴다고 해요. 그래서 아름다운 것에 먼저 눈길이 돌려지는 거죠. 거꾸로 아름다운 것을 보면 마음에 여유가 생긴다고 합니다.

프랑스 화가 르누아르는 아름다운 것만 그렸다고 해요. 그런 그의 화풍을 비판하는 사람들도 있었는데요, 그럴 때 르누아르가 한 말이 아주 의미 있어요. "세상에는 즐겁지 않은 일들이 너무 많이 생기기 때문에 창조하는 예술만이라도 아름다워야 한다."고 했죠.

정말 그렇습니다. 예술뿐만이 아니라 사회 곳곳에서 아름다움을 만들려는 노력이 필요합니다.

김대현 레인보우

언어장애를 극복한 최고의 웅변가

마케도니아의 필립왕이 이런 말을 했어요. "백만 명의 그리스 군사는 무섭지 않지만 데모스테네스의 세 치 혀는 무섭다."고 말입니다. 데모스테네스는 군중을 설득하는 막강한 힘을 갖고 있거든요.

데모스테네스는 어렸을 때는 지독히 말을 더듬었고 호흡기가 약해서 몇 마디 말만 해도 숨이 찼다고 해요. 게다가 7세 때 아버지를 여의고 모든 재산을 빼앗겨 교육도 제대로 받지 못했죠. 그런 데모스테네스가 아테네 최고의 웅변가가 될 수 있었던 것은 피나는 노력 덕분이었습니다.

언덕을 뛰어오르며 발성 연습을 했고 독서를 하며 지식을 넓혀 나갔죠. 이런 노력에다 말과 행동이 일치하는 진정성 때문에 데모스테네스의 말이 국민들의 마음을 움직이게 했던 것입니다.

노력하는 성실과 변치 않는 진실이 있다면 아름다운 리더십을 발휘할 수 있지 않을까 싶습니다.

반대에 대항하는 힘

　사람들은 추진력이 있는 사람을 칭찬하지요. 그런 사람들이 일을 잘 하고 성공할 수 있다고 생각하는 거예요. 그런데 그 추진력은 어디에서 나오는지 아세요? 바로 그 일을 하겠다고 했을 때 실패할 거라고 말린 사람 때문에 생긴 것이라고 해요. 성공할 수 있다는 것을 보여 주려고 있는 힘을 다해 추진을 한 것이거든요. 반대에 대항하는 힘이 추진력이 된다면 멋진 성공을 이룰 수 있겠지요.

최원우 꿀벌레

경청의 지혜

말하기를 좋아하는 사람이 있습니다. 그런데 남의 말 듣기를 좋아하는 사람은 없는 것 같아요. 자기 말만 열심히 하고 남의 말을 듣지 않으면 손해를 보는 것이 많다고 해요. 그래서 경청의 지혜가 필요하다고 하는 것인데요, 경청을 한다고 하는 것은 상대가 말하는 것만 잘 듣는 것을 뜻하지는 않는다고 해요. 무슨 말을 하지 않는지도 찾아낼 수 있는 것이 경청의 지혜라고 합니다.

자기 말만 하다가 낭패를 보느니 남의 말을 경청하면서 상대방의 신뢰도 얻고 실력도 인정받을 수 있었으면 합니다.

지금 가장 소중한 것

여러분에게 지금 가장 소중한 것이 뭐냐고 묻는다면 아마 자기가 갖고 있지 않은 이런저런 것들을 떠올리실 겁니다. 만약 그 소중한 것을 원하는 만큼 얻는 대신 지금 가지고 있는 것을 잃게 된다면 그토록 간절히 원했던 것이 전혀 소중하지 않다는 것을 알게 될 거예요. 왜냐하면 지금 가지고 있는 모든 것이 자기한테는 다 필요한 것이거든요.

사람들은 자기한테 없는 것만 귀하게 여기는데요, 지금 자기가 가지고 있는 것이 더 소중하다는 것을 알아야겠습니다.

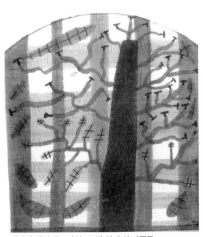

김대현 떨어지는 낙엽, 그 땅 위에 선 나무들…

웰링턴의 리더십

　오래도록 기억되는 위인에게는 확실히 다른 점이 있는 듯해요. 한 신사가 말을 타고 지나가다가 병사들이 힘들게 통나무를 옮기고 있는 것을 보았어요. 신사는 말에서 내려 병사들 앞에 한가롭게 서 있는 상사에게 물었어요. "당신은 왜 통나무를 옮기지 않느냐."고 말예요. 그러자 그는 "자신은 상사이기 때문에 지휘만 하면 된다."고 했죠.

　신사는 병사들에게 가서 통나무를 함께 옮겼어요. 신사는 돌아가며 이렇게 말했습니다. "앞으로 힘든 일이 생기면 총사령관에게 연락하라."고 말예요. 그 신사가 바로 나폴레옹을 이긴 영국군 총사령관 웰링턴 장군이었던 거예요.

　웰링턴은 이런 말을 했어요. "사람한테 중요한 것은 지위와 권력이 아니라 마음과 행동이다."라고 말입니다.

　그렇죠. 따뜻한 마음을 갖고 있으면 친절한 행동을 할 수 있는데요, 그것이 사람을 행복하게 만드는 원천이 된다는 것을 말해 주고 있습니다.

자기 확신이 필요하다

이런 일이 있었습니다. 한 무명의 권투 선수가 챔피언과 시합을 앞두고 소감을 묻자 "난 세계 최고의 복서."라고 말했죠. 기자는 그가 건방지다고 비난했어요. 하지만 그 시합에서 그는 승리를 했습니다. 그 후 그는 경기를 할 때마다 몇 라운드에 KO를 시키겠다고 장담을 했는데요, 그럴 때마다 그 예상이 적중을 했죠. 그러자 기자들은 그 선수를 주목하기 시작했습니다. 그가 바로 무하마드 알리입니다.

알리는 그때부터 세계적인 선수로 인정을 받기 시작했는데요, 그를 세계적인 선수로 만든 것은 '자기 확신'이었습니다. 알리는 지금 파킨슨병으로 온몸이 떨리는 마비 증상을 갖고 있지만요, 지금도 자선사업을 하면서 최고의 시간을 보내고 있다고 합니다. 지금 우리에게 필요한 것도 자기 확신이 아닌가 싶어요.

서로 어울릴 때
가장 좋은 느낌이 생긴다

혼자 있을 때 가장 좋은 친구가 되어 주는 것은 음악이죠. 자기가 하는 일에 방해가 되지 않고 옆에서 조용히 지켜봐 주는 친구를 원한다면 연주곡이 좋다고 해요. 클래식을 좋아하지 않는다고 말하시는 분들도 있는데요, 클래식 음악 자체를 좋아하지 않는 것이 아니라요. 클래식 음악을 들을 수 있는 분위기가 아니어서 싫은 것처럼 느껴지는 거죠.

음악뿐만이 아니라 모든 것이 마찬가지입니다. 서로 어울릴 때 가장 좋은 느낌을 갖게 되는 것이니까요. 서로 어울릴 수 있도록 하는 것이 중요할 겁니다.

영웅도 실패했었다

위대한 업적을 남긴 사람들을 보면 성공한 일만 드러나기 때문에 실패를 모르는 사람처럼 느껴지지만요, 사실 영웅들도 많은 실패를 했던 경험이 있어요. 정말 그 사람이 그런 일을 했었을까 싶은 의외의 실패 경험을 갖고 있는 위인들이 많죠.

나폴레옹은 수필가가 되려고 했지만 실패했구요, 세익스피어는 양모사업을 하다가 크게 실패하고 나서 글을 쓰게 됐다고 해요. 또 링컨은 상점을 경영하다가 실패했죠. 그런 실패가 오히려 그들을 더 큰 인물로 만들었다는 것을 알 수 있습니다.

그들은 실패한 후 자기에게 맞는 일을 찾아서 더 많은 노력을 기울였기 때문에 더 좋은 결실을 맺을 수 있었던 건데요, 우리도 지금의 실패에 연연하지 말고 실패를 딛고 일어서겠다는 강한 의지를 갖고 새롭게 도전하는 자세가 필요하지 않을까 합니다.

이것 또한 곧 지나가리라

큰 승리를 거둬서 기쁨을 억제하지 못할 때 스스로 자제할 수 있고 큰 절망에 빠졌을 때 좌절하지 않고 용기를 얻을 수 있는 말이 있죠. 바로 지혜의 왕 솔로몬이 한 말인데요. "이것 또한 곧 지나가리라."는 것입니다.

기쁨도 절망도 오래 가지 않는다는 겁니다. 그러니까 이기고 있다고 자만에 빠져서도 안 되고 실패했다고 좌절해서도 안 되겠죠. 희망만 있으면 언제나 행복할 수 있을 거란 생각이 듭니다.

윤주현 서커스

사랑과 성실

살다 보면 생각지도 못했던 어려움을 당하게 되죠. 그럴 때 걱정은 물론이고 이 고비를 잘 이겨 낼 수 있을까 하는 두려움이 생기기도 합니다. 누구한테나 걱정과 두려움은 생기기 마련인데요, 마음속에 사랑이 있으면 그 사랑이 두려움을 몰아낸다고 해요. 그리고 성실하면 어떤 어려움도 이겨 낼 수 있는 힘이 생기지요. 그러니까 살아가면서 가장 필요한 것은 사랑과 성실입니다.

두 마리 토끼를 쫓지 말자

비스마르크가 성공의 규칙을 말했는데요. 그 규칙이 뭔지 아세요? 바로 두 마리 토끼를 쫓지 않는 겁니다. 지나친 욕심을 부리지 말라는 거죠. 가만히 생각해 보면 우리는 한 가지 일을 하면서 거기에 만족하지 않고 또 다른 것에 욕심을 부리지요. 그래서 두 마리 토끼를 쫓는데요. 그러다 두 마리를 다 놓치기 때문에 한 마리 토끼를 확실히 잡아야 한다는 겁니다.

윤재원

윤재원 단풍잎

새로운 일을 만들어서 하는 사람이 되자

세상에는 많은 사람들이 있는데요. 크게 세 가지 유형으로 나뉜다고 해요. 새로운 일을 만들어서 하는 사람이 있구요, 그것을 그저 바라보면서 따라오는 사람이 있죠. 그리고 무슨 일이 일어났는지조차 모르는 사람이 있다고 합니다.

우리 사회를 이끌어 가는 사람은 바로 새로운 일을 만들어서 하는 사람이죠. 자기 자신은 어떤 유형에 속하는지 한 번 관찰해 보시기 바랍니다.

여유를 즐기는 것도 내가 할 일

갑자기 시간의 여유가 생긴다면 여러분들은 뭘 하시겠어요? 시간 있을 때 해야지 했던 많은 일들이 있는데요, 무엇부터 해야 할지 또 어떻게 해야 할지를 몰라 망설이다가 시간을 낭비하게 되는 경우가 많습니다. 그러니까 여유에 대한 준비도 필요하지요.

공부와 일 때문에 여유가 없다고 생각하실 것이 아니라 여유를 즐기는 것도 자신이 해야 할 일로 생각하시고 공부와 일, 그리고 여유를 한데 묶어서 생각해야 생활에 여유가 느껴지실 거예요.

김형태 꽃

화가에게 장점이 된 단점

　우리는 장점과 단점을 구분하는 버릇이 있는데요, 단점이라고 해도 반드시 자기에게 해가 되는 것은 아닌 듯해요. 단점 때문에 천재성을 발휘하기도 하거든요. 하버드대학의 신경생물학자인 마가렛 리빙스톤은 유명한 화가들의 특성을 연구한 결과 많은 사람들이 사시였다는 사실을 발견했죠.

　네덜란드 화가 램브란트나 피카소 등이 모두 사시였거든요. 사시는 3차원의 실물을 2차원의 화폭으로 옮기는 데 큰 도움이 되는 것으로 밝혀졌어요. 이렇게 다른 사람들에게 단점으로 보이는 것이 자신의 일에는 큰 장점이 될 수도 있습니다.

편견은 쓰레기와 같다

아인슈타인이 이런 말을 했어요. "편견은 쓰레기와 같다."고 말입니다. 쓰레기는 오래 두면 환경을 해치기 때문에 빨리 버려야 하는데요, 우리는 그 편견을 버리지 못하고 있습니다.

생각을 자유롭게 가져야 새로운 것을 창조해 낼 수 있다고 해요. 편견 때문에 생각의 자유를 구속하는 일이 없었으면 합니다.

송석희

소통

　우리의 하루 생활은 모든 것이 말로 이루어지는 듯하지요. 말을 하지 않으면 아무것도 제대로 되는 것이 없다고 생각하는데요. 의사소통에서 말이 차지하는 비율은 19%밖에 되지 않는다고 해요. 몸짓이나 손짓 또 표정 같은 것으로 의사를 전달하는 경우가 더 많다고 합니다.

　우리나라 사람들은 이 몸짓이나 표정이 적은 편이죠. 그러면 의사소통에 문제가 생길 수도 있으니까요, 감정을 충분히 표현하는 제스처가 필요할 듯합니다.

아름다움은 순수함에서 나온다

우리는 아름다워지기 위해 외모에 신경을 많이 쓰지요. 하지만 외모에 치장을 할수록 아름다움을 잃게 된다고 해요. 왜냐하면 순수할 때의 모습이 가장 아름답기 때문이죠. 그런데 그 순수한 모습은 순수한 마음에서 생기는 것이라고 합니다.

마음이 순수하면 사람들에게 기쁨을 주는데요, 그렇게 기쁨을 주는 사람이어서 아름답게 보이는 것입니다. 순수한 마음으로 아름다움을 만들어 보세요.

김효진 화분

절망에서 벗어나는 법

희망은 희망을 낳고 절망은 절망을 낳는다고 합니다. 지금 상황이 나쁘다고 절망을 하면 그 상황이 계속 이어지지요. 절망에서 벗어나려면 희망을 가져야 합니다. 그러면 지금 당장은 힘들어도 곧 좋은 일이 생기지요. 그리고 작은 희망이 큰 희망으로 커져 갈 수 있습니다.

제3장 미(美)

진짜 보석

정말 귀한 것이 무엇인가를 일깨워 주는 일화를 소개해 드리고 싶습니다. 중국 송나라 자한이라는 사람은 높은 벼슬을 갖고 있었죠. 자한은 청렴해서 사람들이 가져다 주는 선물을 일체 받지 않는 사람으로 소문이 나 있었습니다.

어떤 한 부자가 정말 귀한 보석을 갖다 주면 아무리 청렴한 자한이라도 거절하지 못할 것이라고 생각했어요. 그래서 진귀한 보석을 갖고 가서 자한에게 선물을 했지요. 그는 이 보석은 세상에서 구하기 힘든 정말 귀한 거라고 자랑을 했어요.

자한은 그 보석을 쳐다보지도 않고 이렇게 말했죠. "당신은 보석을 보배로 여기고 있으나 나는 탐내지 않는 마음을 보배로 여기고 있습니다."라고 말에요.

어떠세요? 우리는 그동안 진짜 보석을 모르고 있었던 것이 아닌가 싶습니다. 우리 마음속의 욕심을 없애면 우리 마음이 바로 보석이 된다는 거, 꼭 기억했으면 합니다.

아픔으로 흘리는 눈물이
리더를 만든다

　책을 보다가 이런 글귀를 보았어요. '눈물이 눈물을 알고 아픔이 아픔을 이해한다' 는 것입니다. 고통을 겪어 본 사람들이 다른 사람의 고통을 누구보다도 잘 알 수 있어서 다른 사람을 보살펴 주는 지도자가 될 수 있다는 거예요. 아픔으로 흘리는 눈물은 리더가 되기 위한 학습이다 생각하시구요, 고통을 이겨 내기 위해 더 많은 노력을 기울이는 것이 좋겠지요.

주선이

설득의 법칙

우리의 생활은 늘 사람과 부딪혀서 해결해야 할 문제들이 많습니다. 그래서 상대방을 잘 설득시킬 수 있는 사람이 큰 능력을 발휘하지요. 사람을 설득시킬 때 그 사람의 약점을 건드려서는 안 된다고 합니다. 그리고 어떤 논리로 설득을 해도 효과가 없다고 해요. 그저 진심으로 대하는 것, 그것이 설득의 법칙입니다.

좋은 것을 더 많이 보자

우리는 땅바닥에 떨어진 낙엽을 보면서 마치 모든 나뭇잎들이 떨어진 양 생각하지요. 하지만 고개를 들어 나무를 보면 나무에는 아직도 많은 잎들이 붙어 있다는 것을 알게 됩니다.

우리는 모든 것을 너무 지나치게 부정적으로 생각하는 경향이 있죠. 마음의 여유를 가지면 나쁜 것보다 좋은 것이 더 눈에 띌 거예요.

송석희 크리스마스

인디언 풍습

옛날 인디언은 이런 풍습이 있었다고 해요. 1년에 한 번씩 자기가 가지고 있는 물건 가운데 가장 값진 것을 주위 사람에게 선물하는 거예요. 그렇게 아낌없이 베풀면 사람들에게 존경을 받았다고 해요. 이런 풍습, 지금 우리들에게도 필요하단 생각이 들어요.

우리는 물건을 기증할 때 자기한테 불필요한 것을 내놓는데요, 물건은 상대방이 필요로 하는 것을 주어야 좋은 선물이 될 수 있습니다. 상대방이 진실로 원할 때 자기한테 소중한 것을 나누어 줄 수 있어야 진정한 사랑의 실천이 될 수 있을 거예요.

신지은 나비

네가 결정하라

철의 여인이라 불리는 영국 수상 마가렛 대처 여사는 보잘것 없는 시골 구멍가게 둘째 딸로 태어났는데요, 그가 철의 여인으로 모든 역경을 이겨 낼 수 있었던 것은 부모님의 가르침 때문이었죠. 대처 여사의 부모님은 비록 가난하고 배우지 못했지만 자녀들을 아주 강하게 가르쳤어요. "네 일은 네가 결정하라." 고 항상 스스로 결정하도록 한 것이, 수상으로 내려야 할 어려운 결정들에 소신을 갖고 결정을 내릴 수 있었던 것입니다.

우리 부모님들은 당신들이 대신 결정을 내려야 최선이라고 생각하시죠. 그 생각을 바꿔야겠습니다.

인기 노인 강사

　노령화 사회 속도가 빠르게 진행되고 있죠. 이미 노령 사회인 일본은 노인의 사회활동을 위해 많은 지원을 해 주고 있다고 해요. 텔레비전 프로그램에서 어르신 리포터가 활동을 하는가 하면, 모델로 인기를 누리고 있는 노인 모델도 많다고 합니다. 그리고 인기 강사로 바쁜 나날을 보내고 있는 노인 강사를 일본에서는 쉽게 만날 수 있다고 하네요. 올해 105세인 쇼치 사부로 박사는 앞으로 2년 동안의 강연이 이미 잡혀 있을 만큼 인기가 높죠.

　사부로 박사는 박사학위를 다섯 개나 갖고 있어 일본 사회의 지성인으로 존경을 받고 있기도 합니다. 사부로 박사에게는 남다른 사연이 있어요. 아들이 셋인데 그 가운데 두 명이 뇌성마비 장애를 갖고 있었죠. 그리고 부인은 파킨슨병으로 장애를 갖고 살다가 세상을 떠났어요. 사부로 박사는 두 아들과 부인을 보살피며 강한 생명력을 갖게 됐다고 해요.

　사부로 박사는 특수학교를 설립해서 지금은 장애아동들을 돌봐주고 있는데요, 이렇게 끊임없이 누군가에게 필요한 사람으로 사는 것이 장수의 비결이라고 말합니다.

　장애인 부모 사부로 박사를 통해 본 바로 보살펴 준다는 것은, 큰 축복인지도 모른다는 생각이 듭니다.

자유가 소중했던 철학자

　독일의 대철학자 스피노자는 라이프치히대학 총장으로 오라는 제안을 거절했죠. 스피노자는 렌즈를 깎는 일로 생계를 유지했는데요, 그 일을 죽을 때까지 놓지 않았다고 해요. 스피노자가 왜 대학 총장 자리를 거절했는지 주위 사람들이 궁금해했는데요, 스피노자는 대철학자답게 이렇게 말했다고 해요. "대학 총장이 되면 생각이 자유롭지를 못해서 철학적 사고를 할 수 없기 때문이다."라고 말예요.

　오늘을 사는 우리들은 자리에 너무 연연해하는 것이 아닌가 싶습니다.

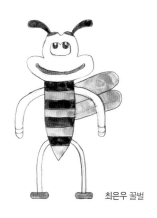

최은우 꿀벌

사랑과 이해

사람들이 가장 좋아하는 말은 사랑이구요, 우리가 흔히 쓰는 말은 이해라고 해요. 하지만 이것을 아름답게 사용하지 못하는 경우가 많습니다. 잘못된 것을 이해해 달라고 하고 순수하지 못한 사랑에 매달리기도 하니까요. 진정한 이해는 아름다움의 시작이구요, 순수한 사랑은 행복의 씨앗입니다. 그래서 사랑하는 마음으로 이해하려고 노력한다면 세상이 아름답고 사람들은 더욱 행복해질 거예요.

모든 사람들이 진정으로 이해하고 진심으로 사랑할 수 있었으면 합니다.

쉼표

우리 인생에 마침표는 없다고 합니다. 뭔가 힘든 일이 생기면 사람들은 모든 것을 끝내 버리고 싶어 하는데요, 그럴 땐 쉼표를 찍어서 그것을 이겨 내려는 노력을 해야 한다고 해요.

쉼표는 인생의 새로운 출발을 의미합니다. 그러니까 잠시 쉰다는 것은 희망을 키우는 일이죠. 우리의 삶에 가끔 쉼표를 찍을 필요가 있다는 생각이 듭니다.

김효진

능력의 샘

어려운 일이 생기면 우리는 누군가가 도와주기를 원하지요. 하지만 남의 힘을 빌리면 그 일은 완전히 해결이 되지 않습니다. 늘 남의 도움을 기다리게 됩니다. 고통을 이겨 낼 수 있는 힘은 자기 안에 있다고 해요. 자기 안에 있는 힘은 샘물 같아서 써도 써도 마르지 않지만요, 다른 사람의 힘은 얼마 가지 않아서 고갈돼 버립니다.

힘이 들 때는 자기 안에 있는 능력의 샘을 파 보세요. 그러면 힘이 샘물처럼 솟구쳐 오를 거예요.

송석희

마음을 다스리면 화가 작아진다

　힘이 센 헤라클레스가 좁은 길을 가고 있는데 사과만한 물건이 앞에 놓여 있었어요. 헤라클레스는 자기가 가는 길에 그런 이상한 방해물이 있는 것이 못마땅해서 발로 걷어찼지요. 그랬더니 사과만했던 것이 수박만해지는 거예요. 화가 난 헤라클레스는 다시 세게 찼는데 이번에는 바위만큼 커져서 길을 막아 버렸어요. 헤라클레스가 더욱 화가 나서 씩씩거리고 있는데 아테네 여신이 나타났어요. 아테네는 웃으며 노래를 불렀지요. 그러자 바위가 사과만해져서 한쪽으로 굴러가는 거예요. 그때 여신이 말했어요. "그 물건은 화를 내며 건드리면 더 커지고 부드럽게 대하면 작아진다."고 말예요.

　우리 마음속에 있는 화도 마찬가지가 아닐까 해요. 화를 내면 낼수록 더 커지고 마음을 다스리면 화가 작아지잖아요. 마음속에 있는 화는 건드리지 말고 부드럽게 다스리는 것이 현명하지 않을까 합니다.

우리는 감정에 속고 있다

우리는 남에게 속았다는 생각을 하지요. 하지만 우리는 자기 감정에 속는 경우가 더 많다고 해요. 감정에 사로잡혀서 한 일은 나중에 후회하게 만들거든요. 그러니까 남한테 속을까 봐 두려워할 것이 아니라 자기 자신에게 속는 것을 경계해야 합니다.

지금 자기감정에 속고 있지 않나 한 번 주의 깊게 살펴보세요.

김효진 꽃

바다가 되자

　종교가 칼릴 지브란이 이런 말을 했어요. "사람은 바다처럼 말은 하지만 자신의 삶은 늪처럼 정체되어 있다."고 말입니다. 지금 내가 있는 곳이 늪이 아닌가 한 번 살펴보세요. 늪은 흘러가지를 않기 때문에 정지되어 있기 마련인데요, 만약 자신이 정지되어 있다면 그것은 위험한 일이거든요, 우리 모두는 바다가 되었으면 합니다.

최순철 배

에디슨의 책 읽기

천재는 타고나는 것이 아니라 만들어지는 것이라고 하는데요, 발명왕 에디슨의 천재성 역시 그의 어머니가 키워 준 것이라고 해요. 에디슨은 학교생활에 적응을 하지 못해 학교에서 쫓겨나는데요, 어머니는 그런 아들의 교육을 위해 끊임없이 책을 읽어 주었다고 합니다. 아마 혼자서 책을 읽도록 했으면 책을 덮어 둘수도 있었겠지만요. 어머니는 에디슨이 흥미를 가질 수 있도록 다양한 책을 읽어 주었죠. 그것이 어린 에디슨의 머릿속에 상상력과 창의력을 키워 주는 역할을 했던 거였어요.

능력은 의지다

우리는 능력 있는 사람을 좋아하지요. 그런데 그 능력이란 것이 뭔지 생각해 보신 적이 있으세요? 에머슨은 능력에 대해 이런 말을 했어요. "진짜 능력은 재능이 아니라 의지다."라고 말입니다.

의지가 없으면 아무리 좋은 재능을 갖고 있어도 그 능력이 발휘되지 않기 때문이죠. 그러니까 능력이 없는 것이 아니라 의지가 없는 것이라고 생각하는 것이 옳지 않나 싶어요.

정석윤 원숭이

행복과 불행은
왼손과 오른손과 같다

행복과 불행은 왼손과 오른손과 같다고 합니다. 이 말은 무슨 뜻이냐 하면요, 사람은 양손을 다 사용해야 능률적으로 일을 할 수 있듯이 행복과 불행도 함께하면서 새로운 발전을 만들어 간다는 거예요. 그리고 늘 행복하지도 않고 그렇다고 늘 불행한 것도 아니란 의미도 담겨져 있습니다.

이처럼 모든 사람이 함께했을 때 비로소 행복해지는 것이 아닌가 합니다.

김형태 꽃

힘내

화가 로댕이 시인 릴케와 자주 만났던 적이 있는데요, 로댕이 릴케에게 가장 많이 했던 말이 '힘내' 라는 것이었다고 해요. 릴케는 처음에 로댕의 그 말을 잘 이해하지 못했다고 해요. 그런데 릴케가 로댕의 나이가 되었을 때 비로소 그 말의 뜻을 알았죠. 젊은이에게 가장 필요한 것은 용기라는 사실을 말입니다.

릴케는 자기도 모르게 고뇌하는 젊은이들에게 '힘내' 라는 말을 하게 되었다고 하는데요, 지금 우리 모두 힘을 낼 때가 아닌가 싶습니다.

세상을 보는 두 가지 방법

세상을 보는 데는 두 가지 방법이 있다고 합니다. 하나는 모든 만남을 우연으로 보는 것이고 다른 하나는 모든 만남을 기적으로 보는 것이라고 해요. 이 말은 아인슈타인이 한 말인데요, 아인슈타인은 모든 만남을 기적으로 봤기 때문에 그는 정말 기적 같은 일들을 일구어 냈죠.

우리도 많은 만남 속에 있는데요, 그 속에서 기적을 만들어 보시기 바랍니다.

윤재원

아주아주 짧은 동화

짧지만 그 의미는 깊고도 깊은 동화가 있습니다. 세탁소에 새로 들어온 옷걸이에게 오래된 옷걸이가 이런 말을 했어요. "자신이 옷걸이라는 사실을 한시도 잊지 말라."고 말입니다. 새 옷걸이는 왜 그걸 강조하는지 이유를 물었죠. 그러자 오래된 옷걸이가 이렇게 대답하는 거예요. "잠깐씩 입혀지는 옷이 자기 신분인 줄 알고 교만해지는 옷걸이를 많이 보았기 때문이다."라고 말입니다.

어떠세요? 사람은 자신의 지위가 영원한 줄 알고 지위를 이용해서 권력을 휘두르는데요, 사실 그 지위는 잠시 걸쳐진 남의 옷에 불과합니다. 이 동화는 바로 이런 사실을 일깨워 주고 있죠.

말

우리는 말을 하나의 생리 현상처럼 자연스럽게 쏟아 내지요. 하지만 어느 순간 그 말이 화살이 되어 되돌아오기도 합니다. 독설 때문에 가슴에 상처가 생기면 그 상처는 쉽게 아물지도 않습니다.

이렇게 말 때문에 고통을 당하기도 하지만 말로 위안을 받기도 하죠. 사람들은 기쁜 일이 있을 때나 외롭고 슬플 때, 누군가와 말을 하고 싶어 하는데요, 그것은 말이 자기를 표현하는 수단이 되기 때문입니다.

우리의 말이 참 큰 역할을 한다는 생각이 드는데요. 진심 어린 다정한 말로 주위 사람들을 행복하게 만들어 줄 수 있는 사람이 되었으면 합니다.

실망보다 더 두려운 것

　생각처럼 되지 않았을 때 실망하는 것이 두려워서 아무것도 하지 않으려는 사람이 있는데요, 실망하는 것보다 더 두려운 것은 아무것도 기대할 것이 없다는 사실입니다.

　실망은 희망을 걸었을 때 나타나는 아픔이지만 기대할 것이 없다는 것은 아무것도 하지 않은 무력감이거든요.

　실망을 두려워하지 말고 일을 추진하면서 희망을 갖는 일이 필요합니다.

신지은 가방

시각장애인 무에타이 선수

　시각장애인 무에타이 선수가 있다면 믿으시겠어요? 놀랍게도 태국의 무에타이 선수 수젯 살리는 앞을 전혀 보지 못하는 시각장애인이라고 해요. 시각장애인 무에타이 선수로는 수젯 살리가 독보적인 존재이죠. 그는 2008년 10월에 선수 등록을 했구요, 그 후 5승 1무의 성적을 기록했습니다.

　아버지가 무에타이 선수였기 때문에 수젯 살리는 어렸을 때부터 무에타이에 관심이 많았지만 아버지조차도 그가 무에타이 선수가 될 수 있을 것이라고 생각하지 못했죠. 하지만 어린 수젯 살리는 무에타이 선수가 되는 꿈을 꾸었고, 혹독한 훈련으로 무에타이 선수의 길을 개척했습니다.

　그는 몸이 허락하는 한 최선을 다할 것이라고 했는데요, 이런 끊임없는 노력이 시각장애를 딛고 무에타이 선수가 될 수 있는 기적을 만들어 내지 않았나 싶습니다.

나무가 그늘을 만드는 이유

'나무는 자기를 위해 그늘을 만들지 않는다' 는 말이 있습니다. 나무가 커지면 그늘이 더 넓어져서 많은 사람들에게 시원한 자리를 마련해 주죠.

거목이 큰 그늘을 만들 듯이 거목처럼 위대한 사람이 되면 많은 사람들을 보살필 수 있지요. 어쩌면 많은 사람들에게 도움을 주다 보니까 거목이 됐는지도 모르겠습니다.

최은우

대화법

    뜻하지 않은 일로 싸움이 일어나거나 미움을 받는 일이 생기기도 하는데요, 왜 그런 일이 생겼을까 곰곰이 생각해 보면요, 자기가 한 말 때문에 생긴 오해에서 비롯되었다는 것을 알 수 있습니다. 그런데 그 오해는 왜 생겼을까요? 바로 자신이 하고 싶은 말만 하고 상대방의 말은 듣지 않았기 때문입니다.

    우리의 대화는 대개 일방적이어서 내용이 잘못 전달될 우려가 있어요. 대화는 서로 말이 오고 가야 그 뜻이 충분히 전달될 수 있죠. 그러니까 하고 싶은 말이 있을 땐 자기 뜻을 전한 다음에 반드시 상대의 말을 들어 주는 것이 필요합니다.

시각장애인 임금 세종대왕

　세종대왕이 〈훈민정음〉을 반포한 것은 세종 28년인 1446년인
데요. 세종대왕이 시각장애 때문에 고생을 했다는 기록은 세종
21년부터 나타납니다. 「세종실록」에 따르면, 왼쪽 눈은 안막으
로 가려져 있고 오른쪽 눈도 어두워서 한 걸음 앞에 있는 사람도
형체만 볼뿐 누구인지 알아보기 어렵다고 했죠. 그런 장애 속에
서도 세종대왕은 한글 창제의 꿈을 버리지 않고 언문청을 설치
해서 한글 창제에 박차를 가하게 됩니다.

　세종대왕은 한글 창제에 직접 참여했는데요, 앞이 잘 안 보이
는 세종대왕 옆에서 눈이 되어 준 사람은 세종대왕의 둘째 딸 정
의공주라고 합니다. 정의공주는 총명해 아버지 세종대왕의 뜻
을 잘 받아들여 한글을 연구하는데 큰 역할을 했다고 해요. 마치
르네상스 최고의 걸작 「실락원」을 밀턴이 실명한 후 여섯 살 난
딸 데보라가 받아 적어 완성한 것과 같습니다.

　우리 대한민국을 문화국가로 만든 한글은 세종대왕이 시각장
애 속에서 어린 딸의 도움을 받아 가며 창제했다는 것을 기억했
으면 합니다.

마음의 황금률

　모든 예술은 황금률로 나누어졌을 때 아름다움의 극치가 표현된다고 하는데요, 우리 마음도 이 황금률이 필요하다고 해요.
　마음을 욕망으로 꽉 채워서 과욕을 부리면 좋지 않은 일이 생긴다는 거예요. 자기만의 황금률로 나누어서 마음을 비워 두면 자기도 모르는 사이에 좋은 일들이 하나둘씩 일어난다고 합니다.
　그러니까 좋은 일을 기대하려면 우선 마음부터 황금률로 나눠서 비우는 일을 먼저 해야겠죠.

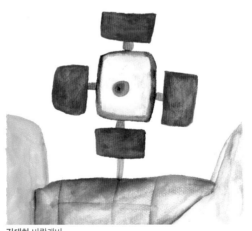

김대현 바람개비

밝은 성격은 재산이다

사람을 가장 차이나게 하는 것은 성격이라고 합니다. 성격이 밝은 사람은 주변에 사람이 많고 늘 이런저런 일로 바쁘고, 바쁜 만큼 많은 일을 이루어 냅니다. 그런데 내성적인 사람은 늘 혼자서 조용히 지내게 되고 많은 일을 해도 또 성과가 좋아도 그냥 묻혀 버리고 맙니다.

그래서 밝은 성격은 어떤 재산보다도 귀하다고 하는 건데요. 이 귀한 재산을 놓치고 있지는 않은지 생각해 볼 일입니다.

사람에 대한 평가

요즘은 사람을 고용할 때 이력서나 자기소개서 같은 서류가 중요한 기준이 되죠. 면접시험도 있지만, 짧은 시간 내에 질문 몇 마디로 그 사람의 됨됨이를 알아낸다는 것은 불가능한 일일 지도 모릅니다. 그래서 옛날 사람들은 사람을 부릴 때 아주 까다 로운 시험을 봤다고 해요. 뜻밖의 질문을 해서 지혜로움을 보구 요, 급한 약속을 해서 신용도를 살펴봤다고 합니다. 그리고 위급 한 일을 알려 주고 절개를 시험했다고 하죠.

이렇게 옛날 군자들은 사람 됨됨이를 마음으로 평가했었는데 요, 요즘은 눈에 보이는 외모를 기준으로 삼기 때문에 사람을 제 대로 알아보지 못할 때가 많지 않나 싶어요. 그 사람만이 갖고 있는 능력과 인격을 소중히 여길 수 있었으면 합니다.

웃음에 인색하지 말자

행복의 첫 번째 비결은 '웃는 것'이라고 해요. 그리고 두 번째 비결은 '그래서, 웃는 것'이고, 세 번째 비결은 '그러나, 웃는 것'이라고 하죠.

이 말은 좋아서도 웃고 싫어서도 웃고 그러다 보면 늘 웃게 되기 때문에 행복해지는 거죠. 웃음이 인색하지 않았으면 합니다.

김효진 노란 개나리 꽃

가상의 불행 때문에

사상가 몽테뉴가 이런 말을 했습니다. "사람들은 자신의 삶이 지독한 불행으로 가득 차 있다고 생각하는데 그 대부분은 일어나지도 않을 일이다."라는 거예요. 그러니까 우리가 불행을 느끼는 것은 정말 불행해서가 아니라 불행해질 것을 두려워하는 마음에서 생긴 가상의 불행이라는 것을 알 수 있습니다.

일어나지도 않을 일 때문에 불행을 느끼는 것, 인생의 낭비가 아닌가 싶습니다.

우주 탐험은
청각장애인 과학자가 시작

요즘은 각 나라에서 우주공학에 많은 투자를 하고 있죠. 불과 200여 년 전만 해도 우주라는 것은 인간이 근접할 수 없는 미지의 세계였어요. 1865년, 프랑스 소설가 쥘 베른이 「지구에서 달까지」라는 작품을 발표했는데요, 모두 황당한 이야기라고 외면했었죠. 그런데 그 책을 읽고 우주 여행의 꿈을 꾸게 된 소년이 있었어요. 바로, 우주공학의 아버지로 불리우는 러시아의 콘스탄틴 치올콥스키입니다.

그는 9세 때 홍역으로 청력을 잃은 청각장애인이죠. 귀가 들리지 않아서 정규교육을 받지 못했어요. 그는 독학으로 수학과 물리학을 공부했는데 특히 우주에 관심이 많았습니다. 치올콥스키는 22세 때 교사 임용시험에 합격해서 중학교 교사로 일을 하게 되는데요, 그때부터 혼자서 로켓에 대한 연구를 했죠.

치올콥스키는 세계 최초로 우주 정거장에 대한 아이디어를 고안했고, 로켓 이론을 완성해서 우주선 발사 기술의 토대를 마련했습니다.

오늘날 우주 탐험을 가능하게 만든 것은 청각장애인 과학자의 우주에 대한 꿈 때문이었다는 것을 꼭 기억했으면 합니다.

함께 걸어야 하는 이유

인디언 아파치족 격언에 이런 것이 있습니다. '내 앞에서도 뒤에서도 걷지 말라, 내가 따르지 않을 수도, 인도하지 않을 수도 있으니 나와 함께 걸으라, 우리는 하나이다' 라는 건데요. 참 의미 있는 말이죠.

함께 걸어야 자기를 따르지 않아 속상해하거나 인도해 주지 않아서 피해를 주는 일이 생기지 않는다는 겁니다. 함께 걸어야 공평한 건데요. 함께 걸어야 하는 이유는, 우리는 하나이기 때문이라고 했습니다. 우리 모두 하나라는 생각이 필요할 듯합니다.

김효진 3월

몸 안의 약과 독

우리 몸 안에 독도 있고 약도 있다는 생각이 듭니다. 미국의 한 과학자가 실험을 한 건데요. 부부 싸움을 하고 있는 사람 입에서 나오는 입김을 모아 독극물 실험을 했더니요, 강한 맹독성 물질이 나왔다고 해요.

그리고 신경질이 극도로 나 있는 사람의 타액에서는 독극물이 검출됐다고 합니다. 그런데 즐겁게 웃고 있는 사람의 뇌를 조사했더니요, 독성을 중화시키고 암세포를 죽이는 호르몬이 다량 분비됐다고 해요. 그러니까 미움이나 불안 등 스트레스를 많이 받으면 우리 몸에 독성이 생기구요.

즐겁고 편안한 마음을 가지면 몸에서 약이 나온다는 것을 알 수 있죠. 우리 건강을 위해 우리가 해야 할 것은 분노심을 버리고 늘 즐겁게 생활하는 것이 아닐까 합니다.

작은 일을 실천하는 것이
위대한 사랑

마더 테레사가 한 말입니다. "우리는 이 세상에서 위대한 일을 할 수는 없다. 단지 위대한 사랑을 갖고 작은 일들을 할 수 있을 뿐이다."라고 했죠. 하지만 사람들은 큰일을 하려고 작은 일들을 하지 않고 있죠. 그래서 우리가 갖고 있는 위대한 사랑이 묻혀 버리고 있는 것이라고 합니다.

이 말은, 작은 일을 실천하는 것이 위대한 사랑이란 뜻입니다. 커야지 위대하다고 생각하는 것이 우리를 더 초라하게 만들지 않나 싶어요.

주선이

꿈과 현실 사이

불행은 꿈과 현실 사이의 거리라고 합니다. 꿈이 이루어지지 않을 때 불행하다는 생각을 하게 되기 때문이죠. 그러니까 불행해지지 않으려면 꿈과 현실 사이를 좁혀야겠지요.

실현될 수 있는 꿈을 갖고 꿈이 실현될 수 있도록 노력하면 그래서 꿈이 곧 현실이 되면 행복해질 거예요.

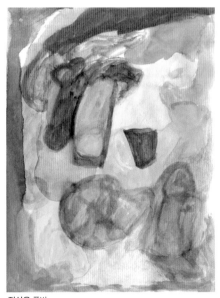

정석윤 풀밭

목표를 즐기자

목표가 있는 사람은 늘 즐겁다고 해요. 그 목표를 달성하는 꿈을 늘 꾸니까요. 그 목표에 다다랐을 때 실망하는 일이 있어도 그 과정이 즐거운 거죠. 그런데 우리는 과정보다는 결과를 중요시하기 때문에 목표를 향해 가는 과정의 즐거움을 모르고 있지요. 과정이 즐거우면 결과도 좋은 것이니까요.

목표를 향해 꿈을 꾸고 그 꿈이 이루어진다는 희망을 갖는 과정의 즐거움을 마음껏 즐기시기 바랍니다.

좋은 성격 만들기

좋은 성격은 뛰어난 재능보다 더 훌륭하다는 말이 있습니다. 재능은 타고나지만 좋은 성격은 만들어지기 때문이라고 했죠.

어떠세요? 자기 성격을 고치기 위해 노력한다면 얼마든지 훌륭한 사람이 될 수 있겠죠. 성격이 좋다는 칭찬이 최고의 칭찬이 아닐까 싶습니다.

김효진 화분

안데르센의 꽃밭

어린 시절, 어머니가 읽어 주시는 동화책을 들으며 아름다운 꿈을 많이 꿨을 텐데요. 그 동화의 대부분이 안데르센 작품이지요. 이렇게 세계적인 작가가 되기까지 안데르센은 오랜 시간 좌절의 나날을 보내야 했다고 해요. 안데르센이 11세 때의 일이었어요.

열심히 쓴 글이 학교에서 칭찬을 받지 못하자 집에 와서 울었다고 해요. 그러자 어머니는 안데르센을 꽃밭으로 데리고 가서 활짝 핀 꽃도 처음에는 어린 싹이었다는 것을 설명해 줬죠.

안데르센의 작품은 초창기에는 크게 주목받지 못했었는데요, 그럴 때마다 어머니 말씀을 떠올리며 중도에 포기하지 않았다고 합니다. 안데르센이 많은 좌절을 겪었기 때문에 작품이 더 성숙할 수 있었지 않았나 싶어요.

지금 인정을 못 받는다고 마음 아파하시지 말구요, 꽃이 활짝 필 때까지 꾸준히 노력하는 인내가 필요하겠지요.

경제학의 아버지 스미스의 외모 열등

경제학의 아버지 아담 스미스는 영국의 작은 항구도시에서 태어났는데요, 상당히 특이한 외모를 갖고 있었다고 해요. 눈이 튀어나오고 아랫입술이 돌출해 있었죠. 그리고 말을 몹시 더듬었다고 합니다. 그는 저서를 통해서만 아름다워질 수 있다고 말할 정도로 자신의 외모에 자신이 없었다고 해요.

스미스는 공부를 잘 해서 늘 우등생이었죠. 스미스는 경제학을 배우지도 않았지만요, 자유시장의 경제체제를 최초로 규명했습니다. 스미스의 말 한마디 한마디가 각국 정부의 경제 지침이 될 정도로 그는 18세기 영국을 비롯한 유럽 경제에 큰 영향을 미쳤습니다.

스미스는 자신의 외모를 극복하기 위해 더 깊은 생각을 하며 많은 연구를 남기지 않았나 싶습니다.

다시 한 번 해보자

　승리한 사람이 즐겨 쓰는 말은 "다시 한 번 해보자." 이구요, 패배한 사람이 즐겨 쓰는 말은 "해봐야 별수 없다." 라는 거래요. 실패를 했어도 다시 한 번 해본다는 마음으로 도전을 했기 때문에 성공을 할 수 있었던 거지요. 반대로, 해봐야 별수 없다고 생각하고 포기를 했기 때문에 실패한 상태로 머무는 건데요. 어떤 생각을 갖느냐에 따라 승자가 될 수도 있고 패자가 될 수도 있습니다.

주선이

생의 마지막 5분

한 사형수에게 5분이란 시간이 남아 있었는데요, 그는 그때 다시 한 번만 인생을 살 수 있다면 매순간 최선을 다하리라는 생각을 합니다. 이 세상에서 가장 소중한 것이 시간이란 것을 깨달았지요. 그때 사형집행 중지 명령이 내려져서 그는 정말 다시 인생을 살게 됐어요. 그는 그때의 경험으로 「죄와 벌」이라는 세계적인 작품을 쓸 수 있었지요.

그렇습니다, 그가 바로 도스토예프스키입니다. 도스토예프스키는 매순간 최선을 다해 주위 사람들의 존경을 받았다고 해요. 시간의 소중함을 깨닫는 것이 인생을 알차게 채우게 한다는 것을 알 수 있는데요, 그런 시간에 대한 생각들을 했으면 합니다.

최미애 봄꽃

고통의 바람이 불어야
기쁨의 소리가 들린다

「채근담」에 이런 말이 나옵니다. '추녀 끝에 걸어 놓은 풍경은 바람이 불지 않으면 소리를 내지 않는다' 라는 말입니다. 바람이 불어야만 비로소 풍경이 그윽한 소리를 내듯이 우리 인생도 너무 평탄하면 기쁨이 무엇인지 알지 못한다고 합니다. 힘든 일이 있기 때문에 비로소 기쁨을 알게 된다는 뜻이지요.

지금 고통의 바람이 분다면 머지않아 기쁨의 소리가 들리겠구나 하고 살며시 미소를 지어 보세요. 그러면 정말 기쁜 소식이 들려올 겁니다.

김효진 꽃

자신감으로
치장해야 빛난다

머리에서 발끝까지 사람을 빛나 보이게 하는 것은 자신감이라고 합니다. 당당하게 미소 짓고, 어깨를 펴고 활기차게 걷는 것만으로도 충분히 자신감을 얻을 수 있다고 합니다. 온몸을 비싼 명품으로 치장을 한다 해도 자신감이 없으면 빛이 나지 않는다는 얘기가 되겠죠.

자신감으로 자신을 치장해 보세요, 그러면 훨씬 빛이 날 거예요. 자, 당당하게 미소 짓고 어깨를 활짝 펴 보세요. 그러면 자신도 모르게 자신감이 생길 거예요.

상어가 바다의 왕자가 된 이유

영화 〈조스〉를 보면 상어의 위력이 얼마나 대단한가를 알 수 있죠. 상어가 바다의 왕자로 군림하게 된 것은 부레가 없이 태어난 신체적인 단점 때문입니다. 바다 물고기는 부레로 숨을 쉬고 몸의 균형을 잡게 되는데요, 상어는 부레가 없어서 가만히 있으면 죽고 말죠.

상어는 살아남기 위해 잠시도 쉬지 않고 몸을 움직였는데요. 이런 노력이 상어를 강하게 만들지 않았나 생각됩니다. 상어를 보면 신체적 단점이 오히려 장점이 될 수도 있다는 것을 알 수 있죠.

장애를 단점으로 생각하기보다는 장애 때문에 어떤 장점을 가질 수 있는지를 찾아서 그 능력을 잘 키워 나간다면 정말 남들이 하지 못하는 큰 일을 해낼 수 있을 거예요.

쉬우면 쉬운 대로,
어려우면 어려운 대로

「채근담」에 '쉬워 보이는 일도 해보면 어렵고 못할 것 같은 일도 시작하면 이루어진다' 라는 말이 있습니다. 그래서 쉽다고 얕볼 것도 아니고 어렵다고 물러설 것도 아니라고 했죠. 이 말은 쉬운 일도 신중히 해야 하고 어려운 일이라고 겁낼 필요도 없다는 얘깁니다. 쉬우면 쉬운 대로 어려우면 어려운 대로 최선을 다해야 하지 않을까 합니다.

윤재원

약속을 잘 지킨 대통령

약속을 잘 지키는 사람에게는 신뢰심이 생기죠. 미국 링컨 대통령은 수염을 길게 기른 모습으로 기억이 되는데요, 링컨 대통령이 수염을 기른 것은 한 소녀의 편지 때문이었죠.

링컨 대통령은 안면에 장애가 있었어요. 그런 단점을 보완하기 위해 수염을 기를 것을 권했던 건데요. 링컨은 어린 소녀의 충고를 받아들이겠다고 답장을 쓰면서 꼭 한 번 만나러 가겠다고 약속했죠.

링컨이 대통령 선거 유세를 다닐 때 소녀가 살고 있는 마을에 가게 됐는데 그때 링컨은 소녀와의 약속을 지키기 위해 소녀의 집을 방문하게 됩니다. 그때 소녀는 흑인 하녀의 딸과 소꿉놀이를 하고 있었는데요, 그 모습이 너무 아름다워 보였다고 해요. 인종 차별 없이 그렇게 어울려 사는 것이 미국을 위대하게 만들 것이란 확신을 갖게 됐죠.

링컨이 소녀의 집에 머문 것은 단 10분이었지만, 링컨은 약속을 잘 지키는 사람이란 신뢰심을 사람들에게 심어 주었고, 또 링컨 자신은 '노예 해방'이라는 커다란 목표를 세우는 계기가 됐다고 합니다. 위대한 대통령이 탄생하는 순간이었는데요, 정말 아름다운 인간다움이 느껴집니다.

정성을 다하면

　독일의 유명한 화가 아놀드 베크린에게는 많은 제자들이 있었는데요, 하루는 젊은 제자가 자신은 그림을 2, 3일이면 그릴 수 있는데 작품이 팔리는 데는 2, 3년이 걸린다고 푸념을 했지요. 그 말에 아놀드는 그림을 2, 3년 걸려 그려야 2, 3일 안에 팔릴 수 있다고 조언을 해 주었습니다.

　정성을 기울여서 최선을 다하면 결과는 걱정할 필요가 없다는 뜻인데요, 우리는 자신의 일에 정성을 기울이고 있나 생각해 볼 일입니다.

사람을 외모로
취하지 말라

우리는 외모를 보고 사람을 판단하는 경우가 많은데요, 미국 하버드대학 정문에 '사람을 외모로 취하지 말라'는 경구가 있다고 해요. 왜 이런 말이 하버드대학에 붙어 있게 됐는지 그 사연이 아주 재밌습니다.

돈이 많은 노부부가 있었는데 자식이 없었다고 해요. 노부부는 전 재산을 하버드대학에 기증하기로 하고 대학을 찾아갔죠. 그런데 총장을 만나게 해 달라는 노부부를 학교에서는 경멸하는 태도로 쫓아냈다고 합니다. 노부부는 기부를 하는 대신 그 돈으로 스탠포드대학을 건립했습니다. 이 사실을 뒤늦게 알게 된 하버드대학에서는 후회를 하면서 '사람을 외모로 판단하지 말라'는 지침을 내렸다고 하죠.

지금도 외모 때문에 잘못된 판단을 하고 있을지도 모릅니다. 외모가 사람을 판단하는 기준이 되어서는 안 되겠죠.

사랑과 우정

사랑과 우정은 치유 효과가 있다고 합니다. 누군가를 사랑하고 우정을 나눌 친구가 있으면 마음이 행복하고 육체적으로도 건강해진다고 해요. 반대로 누군가를 미워하고 주위에 친구 하나 없이 고독하다면 마음이 불행해지고 그로 인해 몸마저 병들게 된다고 합니다. 그러니까 사랑과 우정을 잘 키워가야겠지요.

최원우 원숭이

단점이 곧 장점이다

남모를 어려움 속에서 성공을 일구어 냈다면 더 큰 의미가 있죠. 영화 〈반지의 제왕〉에서 강한 인상을 보여 준 배우 레골라스 역의 올랜도 블룸이 자신이 난독증 장애를 갖고 있다고 고백을 했습니다. 블룸은, 장애어린이재단 행사에 참여해서 이런 깜짝 고백을 한 것인데요.

블룸은 난독증 때문에 학업에 큰 어려움이 있었구요, 영화배우가 된 후에도 대본을 읽고 외우는데 남들보다 몇 배의 노력이 필요하다고 해요. 그가 이렇게 많은 노력을 하기 때문에 영화에서 그 진가가 나타나는 것이 아닐까 합니다. 그러니까 난독증이, 블룸을 허리우드 최고의 배우로 만들었던 것이죠.

남다른 어려움이, 성공이 비결이 아닐까 합니다. 자신의 단점 때문에 하고 싶은 일을 포기하려는 분이 있을 텐데요, 단점을 잘 이용하면 더 큰 장점을 만들어 낼 수 있습니다. 단점은, 또 다른 장점이란 생각으로 도전을 하는 것이 필요합니다.

하고 싶다는 그 한 가지 이유

사람들은 자기가 하고 싶은 일을 할 수 없는 이유를 열심히 찾지요. 그래서 하고 싶은 일을 못했다고 한탄합니다. 그 일을 하고 싶다는 그 한 가지 이유만으로도 충분히 그 일을 해낼 수 있다고 해요.

할 수 없는 이유는 핑계에 지나지 않구요. 하고 싶다는 그 욕망에서 열정을 뿜어 내면 할 수 있는 능력이 생긴다고 하니까요. 먼저 자기가 하고 싶은 일이 무엇인가를 찾아내는 것이 시급하겠죠.

주선이

오미림 학교

완전한 행복

위기, 고통, 실망, 아픔, 이런 것들이 자기한테는 생기지 않았으면 하는 바람을 갖게 되는데요. 그런 어려움은 완전한 행복을 알게 하기 위해 필요한 것이라고 합니다.

그러니까 어려움이 생기지 않기를 바랄 것이 아니라 어려움을 이겨 낼 수 있는 용기와 지혜를 갖는 것이 필요하겠지요.

화냄은 폭력이다

아리스토텔레스가 이런 말을 했어요. "누구든지 화를 낼 수 있고 그것은 쉬운 일이다."라구요. 하지만 "올바른 대상에게, 올바른 정도로, 올바른 시간에, 올바른 목적으로, 올바른 방식으로 화를 내는 것은 쉬운 일이 아니다."라고 했습니다.

이 말은 우리가 무분별하게 화를 내고 있다는 뜻이겠죠. 무분별하게 화를 내는 것은 하나의 폭력인데요. 자신도 모르게 이런 폭력을 가하고 있지는 않은지 생각해 볼 일입니다.

그럴 수도 있지

'그럴 수도 있지'라고 생각하면 이해하지 못할 일이 없다고 합니다. 우리는 그럴 수도 있는 일 때문에 남에게 상처를 주고 또 자신도 상처를 받고 있습니다.

내 마음에 들지 않게 일을 했어도 '그럴 수도 있지'라고 생각하면 한결 따뜻한 기분을 가질 수 있을 겁니다.

최원우 고속버스

인생의 휘떼

발레 공연을 보면, 무용수가 제자리에서 수십 바퀴를 도는 장면이 꼭 나오지요. 그것을 휘떼(fouetté)라고 하는데요. 휘떼는 32회를 회전하는 고난도 기술입니다. 보통 사람은 3~4바퀴만 돌아도 어지러워서 쓰러지는데 어떻게 무용수는 32바퀴를 돌 수 있는 걸까요?

그 비밀은 시선 집중에 있다고 해요. 휘떼를 할 때 무용수는 객석을 응시하다가 팔, 다리, 몸이 돌아가고 난 다음에 머리를 돌리죠. 시선을 집중해서 정신을 모으면 몸이 아무리 돌아가도 어지럽지 않다고 합니다.

우리 인생도 휘떼가 적용될 수 있지 않을까 싶어요. 아무리 상황이 어려워도 목표를 정확히 정하고 정신을 집중시키면 흔들리지 않고 멋진 결과를 만들어 낼 수 있을 거예요.

비판의 감옥

자유를 잃고 갇혀 있으면 감옥이라고 하는데요. 사람들은 스스로 만든 감옥에 자기 자신을 가둬 놓기도 하지요. 예를 들어서 비판도 감옥이 될 수 있다고 합니다. 다른 사람의 단점만 찾아 평가하는 비판의 감옥에 갇히면 장점을 볼 줄 모르게 되기 때문이죠. 비판의 감옥에 갇히지 않으려면 시야를 넓히고 생각을 긍정적으로 가질 필요가 있을 듯해요.

최미애 꽃

마음 다이어트

    높이 나는 새는 몸을 가볍게 하기 위해 많은 것을 버린다고 합니다. 높이 날고 싶은 분들은 마음을 가볍게 하기 위해 욕심을 버려야겠지요. 욕심을 줄이는 마음 다이어트부터 해야 하지 않을까 싶어요.

오미림 봄

어려운 일부터

　사람이 사는 곳에는 늘 여러 가지 문제들이 있기 마련인데요. 사람들은 어려운 일은 피해 가고 싶어 하죠. 어떻게 하면 편하게 지낼 수 있을까 생각합니다. 그렇게 쉬운 일만 하려고 하면 어려운 문제는 늘 해결되지 않은 채 남게 되죠.

　어려운 일부터 해결해야 모든 문제가 해결됩니다. 어렵다고 피할 것이 아니라 부딪혀 보세요. 그러면 남다른 성과를 올릴 수 있을 거예요.

진실을 보는 법

요즘 우리 사회의 현상을 바라보면서 문득 이런 생각이 들더군요. 옛날 사람들은 지구가 편편해서 지구 끝까지 가면 낭떠러지가 있을 것이라고 믿었죠. 그때는 그것이 확실한 진실이었습니다.

하지만 갈릴레이가 지구가 둥글다는 사실을 발견하고 〈지동설〉을 주장했습니다. 그것은 절대자에 대한 도전이었죠. 갈릴레이의 윤리성이 문제가 돼서 그는 종교재판에 회부됐습니다. 죽음 앞에서 갈릴레이는 지동설을 포기했지만 그는 지구는 둥글고 태양을 중심으로 돌고 있다는 사실을 굳게 믿었기 때문에 연구를 계속했어요.

갈릴레이의 지동설이 인정을 받은 것은 359년 후의 일이라고 합니다. 종교재판을 받던 갈릴레이도 그 당시 얼마나 마음이 아팠을까 하는 생각을 해 봤습니다.

어머니의 가르침

　성공한 사람 뒤에는 헌신적인 사랑으로 격려해 준 어머니가 있곤 합니다. 카메라와 필름을 생산하는 〈코닥〉 회사를 창업한 조지 이스트먼은 어린 시절 무척 가난했다고 해요. 아버지가 일찍 돌아가셨기 때문에 어머니가 파출부 일을 하면서 세 자녀를 키웠거든요. 고된 삶 속에서도 어머니는 항상 남을 위해 일해야 한다고 가르쳤다 합니다.

　조지 이스트먼은 남에게 도움을 줄 수 있는 사람이 되기 위해 열심히 공부를 했는데요, 그 결과 가난을 딛고 성공했고 그 후 남을 위해 많은 도움을 줄 수 있었다고 합니다. 어머니의 가르침을 잘 실현했던 것이지요.

우리에겐 꿈이 있습니다

인종차별을 받고 있던 미국의 흑인들에게 희망을 주었던 것은 마틴 루터 킹이 한 바로 이 말 때문이었다고 해요. "우리에겐 꿈이 있습니다."

지금 생각해 보면 당연한 것이지만 인종차별이 심각했던 당시로써는 꿈이 있다는 말에 새로운 희망을 갖게 되었던 겁니다. 이 말은 오늘을 사는 우리에게도 필요한 말이 아닌가 해요.

"우리에겐 꿈이 있습니다."라는 말, 우리도 가슴 깊이 새기면서 꿈을 향해 부지런히 달려가야 하지 않을까 합니다.

유쾌함은 축제이다

　유쾌한 마음은 자기 자신뿐만 아니라 다른 사람에게도 계속되는 축제와 같다고 존 러벅이 말했는데요. 정말 맞는 말이죠. 우울한 마음으로 인상을 잔뜩 쓰고 있으면 자신도 괴롭고 보는 사람도 마음이 편치 않습니다. 유쾌한 생각을 가지면 나도 즐겁고 다른 사람도 편해질 수 있으니까요, 유쾌한 마음으로 생활했으면 합니다.

송희중 꽃밭

행복의 공식

여러분 지금 기분이 어떠세요? 행복하신가요? 무엇이 행복인지를 생각해 보게 되는데요. 영국의 심리학자 캐럴 로스웰이 만든 〈행복의 공식〉이 있습니다. 그것은 개인적인 특성과 생존의 조건, 그리고 더 높은 수준의 조건을 더한 것입니다. 생존의 조건이 가장 큰 비중을 차지하는데요, 그것은 건강과 인간관계 또 재정 상태입니다.

그렇죠. 건강해야 생활에 활력이 생기고 인간관계가 좋아야 정신적으로 편안해집니다. 그리고 경제적으로 여유가 있어야 불편하지 않게 생활을 할 수 있기 때문에 건강, 인간관계, 재정 상태는 행복의 기본 조건입니다. 여기에 자존심과 기대, 또 야망이 보태지면 행복의 질이 더 높아진다는 겁니다.

그런데 똑같은 조건이 주어져도 행복의 느낌이 다른 것은 개인적인 특성 때문이라고 해요. 여러분들의 행복 점수는 어떤지 한 번 자기 점수를 매겨 보시기 바랍니다.

역전승의 주인공

 단점이 없는 사람은 없다고 합니다. 단점이 부끄러워 품고만 있으면 독이 되지만요, 단점을 극복하면 약이 된다고 해요. 여러분이 갖고 있는 단점이 약이 되도록 노력하면 인생을 반전시킬 수 있다고 하는데요, 그런 역전승의 주인공이 되시기 바랍니다.

 행운은 성공 에너지인데요, 그 에너지를 잘 사용하려면 미리 준비를 해야 한다고 해요. 아무런 준비가 없으면 행운이 찾아와도 그것을 잡을 수가 없지요. 그래서 행운은 준비된 사람에게 주어지는 축복이라고 하는지도 모르겠어요.

최원우 병아리

8초를 투자하면

미안하거나 감사하거나 또는 좋아한다거나 하는 마음을 전달하는 데 걸리는 시간은 단 8초라고 합니다. 그런데 우리는 이 8초라는 짧은 시간에 인색하지요. 마음을 표현하는 대신 그냥 말없이 지나갈 때가 많은데요, 8초를 아끼지 않고 쓰면 세상이 훨씬 아름다워질 수 있을 거예요.

어떤 사람이 될까?

세상에는 세 종류의 사람이 있다고 합니다. 첫째는, 다가가면 향기가 나서 포근한 사람이구요. 둘째는, 가까이 가도 아무런 느낌이 없는 무덤덤한 사람입니다. 그리고 세 번째는 다가가기가 두려워서 접근조차 하지 못하는 사람이 있는데요, 여러분은 어디에 속하시는지요?

다가가기 무서운 사람이라면 주위에 사람이 없을 거구요. 가까이 있어도 감정의 교류가 없다면 자기편을 만들기 어려울 겁니다. 다가가면 인간적인 매력이 있어서 기대고 싶은 사람이라면 주위에 많은 사람들이 함께할 거예요.

그 사람들 속에서 리더십을 발휘하게 되는데요, 지도자가 되려면 사람들을 포근하게 감싸 줄 수 있는 넓은 가슴이 필요하겠지요. 진정한 리더는 강한 추진력보다는 따뜻한 포용력을 가져야 하지 않을까 싶습니다.

기회

그리스의 시라쿠라 거리에 동상이 하나 서 있는데요, 사람들은 그 동상을 보면서 웃음을 터트린다고 해요. 앞머리에는 머리숱이 많은데 뒷머리에는 머리카락이 하나도 없는 대머리거든요. 그리고 발에는 날개가 달려 있는 아주 우스꽝스러운 모습을 하고 있다고 합니다. 그런데 그 동상에 대한 설명을 읽은 사람들은 순간 숙연해지지요.

앞머리가 무성한 것은 사람들이 자기를 쉽게 붙잡을 수 있도록 하기 위해서이구요, 뒷머리가 대머리인 것은 지나가면 잡을 수 없도록 하기 위해서이고, 발에 날개가 달린 이유는 빨리 사라지기 위해서라고 설명하면서 이 동상의 이름을 '기회'라고 소개하고 있습니다.

기회는 늘 찾아오지만 붙잡지 못하고 그냥 지나가게 하는데요, 일단 지나가면 붙잡을 수 없기 때문에 안타까워하죠. 기회는 무슨 일이 있어도 잡아야 한다는 것을 말해 주고 있는데요, 지금 우리에게 어떤 기회가 찾아오고 있는지 잘 관찰해야겠습니다.

고전 읽기

우리는 새로운 것에 매달리느라 고전을 소홀히 하는 경향이 있지요. 이런 일화가 있어요. 책을 많이 읽기로 유명한 위버 교수에게 어느 날 한 학생이 찾아와 책을 불쑥 내밀며 이 책을 읽으셨느냐고 물었죠. 위버 교수가, 읽지 않은 책이라고 하니까 학생이 말했어요. "세상이 다 알고 있는 베스트셀러를 왜 읽지 않으셨냐."고 말입니다. 그 말에 위버 교수가 "단테의 신곡을 읽었느냐."고 물었더니요, 학생은 마치 그런 책은 읽을 필요가 없다는 듯이 대답했어요. 그때 위버 교수는 학생에게 이렇게 타일렀습니다. 기초 공사가 부실하면 건물이 무너지듯이 기초가 없는 학문은 아무런 결실을 얻어 낼 수 없다고 말입니다.

지식을 쌓으려고 열심히 노력하는 분들 많은데요. 기초 공사가 잘 돼 있는지 한 번 살펴보세요.

당당할 수 있는 힘

전 세계 청소년들에게 '리더십' 강의를 하러 다니고 있는 숀 코비 박사가 한국에 와서 아주 의미 있는 리더십 강의를 했죠. 성공하기 위해서 재능과 열정 등 필요한 것이 많지만요. 가장 중요한 것은 양심이라고 했습니다.

인도의 간디와 독일의 히틀러 두 사람 모두 재능과 열정을 갖고 있었지만 역사적인 평가가 서로 다른 것은 양심의 기준이 서로 달랐기 때문이라고 설명했어요.

리더십이란 사람들 앞에서 당당해질 수 있는 힘을 말하는데요. 그 당당할 수 있는 힘이 바로 양심에서 나온다는 것을 알 수 있습니다.

송희중 화분

느낌과 진실 사이

아마 이런 경험 있으실 거예요. 백화점에서 물건을 살 때는 참 멋있어 보여서 구입을 했는데요. 막상 집에 와서 보니까 맘에 들지 않는 거예요. 백화점에서는 좋아 보이던 것이 왜 집에 오면 멋이 없어지는 건지 생각해 보신 적 있으세요.

그 물건이 백화점에 있을 때 좋아 보였던 것은 다름 아닌 분위기 때문이었죠. 백화점 진열대의 불빛이나 점원의 상냥한 미소 그리고 은은히 울려 퍼지는 음악 소리가 그 물건에 대한 느낌을 좋게 만들었던 거예요.

사람도 마찬가지이죠. 느낌이 좋으면 금방 가까워질 수 있어요. 하지만 그 느낌이란 건 분위기에 따라 달라지기 때문에 실망스런 면이 보이기도 합니다. 그러니까 사람을 대할 때는 느낌이 아닌 진실이 필요하다고 해요.

로트렉을 기억하자

장애인 작가의 작품이 최고가를 올렸다는 소식이 있었죠. 프랑스의 인상파 화가 앙리 툴루스 로트렉의 〈세탁부〉란 작품이 뉴욕 크리스티 경매에서 우리나라 돈으로 224억 원에 낙찰이 됐어요.

로트렉은 척추장애인이었어요. 장애 때문에 많은 고뇌를 했던 작가입니다. 〈세탁부〉라는 작품은 창밖을 내다보는 젊은 여인의 모습을 그린 건데요. 1886년경에 그린 것인데 지금 봐도 여인의 자태가 아주 생기 있게 느껴지더군요.

그날 경매에서는 모네와 피카소 등의 유명 작가의 작품도 있었는데요. 로트렉의 작품이 가장 인기가 많았죠. 우리나라 장애인 화가들도 이렇게 사람들로부터 많은 사랑을 받을 수 있었으면 합니다.

학대받고 있는 노인

우리 사회의 노인 문제가 심각해지고 있다는 생각이 듭니다. 학대를 받고 있는 어르신들이 많다고 하거든요. 어르신들은 자식들을 위해 그리고 우리 사회를 위해 헌신하신 분인데 노년에 이런 푸대접을 받는다는 것은 있을 수도 없는 일입니다.

노인학대예방센터에 접수된 노인 학대 사례를 분석한 결과를 보면요, 놀랍게도 학대 가해자가 아들인 경우가 50.8%나 됐습니다. 가장 효도를 해야 할 사람이 바로 자식인데요. 믿었던 자식들이 부모를 학대하고 있습니다. 학대 내용은 언어와 정서적 학대가 가장 많았는데요, 그런 정서적 학대 때문에 어르신들이 우울증을 갖고 있기도 합니다.

노인 문제야말로 바로 자기 자신의 문제이죠, 누구나 노인이 되니까요. 그리고 노인 문제는 장애인 문제인데요, 앞으로 장애인복지와 함께 노인복지 발전을 위해 최선의 노력이 필요하다는 생각이 듭니다.

헨델의 장애

　세계적인 악성 베토벤의 청각장애는 많이 알려져 있죠. 그런데 우리가 잘 알고 있는 헨델도 장애 때문에 많은 고통을 겪었다고 합니다. 헨델은 52세 때 갑자기 오른쪽 손에 마비 증상이 나타났다고 해요.

　그가 쓴 편지 가운데 이런 말이 나오거든요. '오른쪽 손 4개의 손가락이 마비돼서 연주를 할 수 없다' 고 말입니다. 그런데 헨델의 장애는 거기에서 끝나지 않았어요.

　갑자기 왼쪽 눈이 안 보이기 시작했죠. 그래서 작곡을 할 때 다른 사람이 악보를 받아 적었다고 합니다. 하지만 헨델은 건강에 문제가 생겨도 작곡을 멈추지 않았기 때문에 헨델이란 이름이 지금까지 기억될 수 있는 업적을 쌓을 수 있었겠죠.

　장애는 누구한테나 찾아올 수 있는 모두의 문제가 아닐까 싶습니다.

주선이

퓰리처의 장애

언론의 대명사가 된 조셉 퓰리처가 장애를 갖고 있었다는 사실을 알고 있는 사람은 흔치 않을 겁니다.

퓰리처는 헝가리에서 태어났는데 어렸을 때부터 군인이 되고 싶어 했죠. 하지만 시력도 나쁘고 몸도 약해서 입대 신청서를 낼 때마다 번번이 거부를 당했어요. 그러다 미국에서 남북전쟁이 일어났다는 소식을 듣고 미국 북군으로 자원입대를 하지요. 이렇게 해서 퓰리처는 미국 생활을 시작하는데요, 기자가 된 퓰리처는 거기서 멈추지 않고 부도가 난 신문사를 인수해 신문 경영자로 성공을 합니다.

퓰리처는 정치의 중립성을 내세워 사회 주요 문제들을 심층보도하기 시작했는데요, 그것이 선풍적인 반응을 불러 일으켰죠. 퓰리처는 40대 초반에 실명을 하지만 그때부터 오히려 사회 공헌에 눈을 돌려 언론 발달을 위해 기여하게 됩니다. 퓰리처의 빛나는 저널리즘 정신은 실명 속에서 일구어 냈다는 것을 말씀드리고 싶습니다.

수화 시트콤

방송사에서는 늘 새로운 것을 찾고 있는데요, 장애인에게 눈길을 돌려 보면 정말 새로운 소재를 찾을 수 있지 않을까 싶습니다.

요즘 남아프리카공화국에서는 청각장애인들이 직접 출연하고 연출한 TV 시트콤이 인기를 모으고 있다고 해요. 〈렉시클럽〉이란 시트콤인데요, 청각장애인들의 일상을 재미있게 그려 낸 명랑 시트콤이에요. 연기자들이 말 대신 수화로 대화를 나누는데요, 배우들의 다양한 표정이 드라마의 볼거리를 제공해 주고 있다고 합니다.

수화로 표현할 수 있는 유머와 표정 그리고 행동이 신선해서 〈렉시클럽〉은 누구나 재미있게 볼 수 있는 프로그램으로 사랑을 받고 있다고 하는데요, 우리나라 방송사에서도 이렇게 새로운 시도를 해 보는 것이 필요하다는 생각이 듭니다.

인생의 짐

인생의 짐을 한 가지씩 지고 있는 사람들이 있는데요, 그 짐이 고통이 되기도 하지만 짐 때문에 늘 조심하고 더 노력을 하기 때문에 오히려 더 좋은 결과를 얻게 된다고 해요. 그래서 인생의 짐은 고통스런 조건이 아니라 귀한 선물이라는 말이 있습니다.

장애라는 짐도 더 열심히 살 수 있는 선물이 아닐까 싶어요.

최순철 곰돌이

남을 배려한 것이 능력

사람은 능력이 있어서가 아니라 남에게 베푼 배려로 자신을 지켜 가는 것이라고 합니다. 그런데 어떻습니까, 우리는 자신을 지키기 위해 능력을 키워야 한다고 생각하지요. 남을 배려하는 것이 자기 자신을 지키는 일입니다.

은은한 매력을 가진 사람

사람이 사람을 좋아하게 되는 데에는 여러 가지 이유가 있지요. 그 사람을 정말 좋아하게 되는 가장 큰 이유는 존경하는 마음이 있기 때문일 거예요. 그 사람에게서 자기와 다른 멋진 면을 발견했을 때 부러움과 함께 닮고 싶은 마음이 생기는데 이것이 바로 존경이죠.

존경은 수수한 옷을 입은 사랑이래요, 그래서 소리를 지를 정도로 눈이 부시지는 않지만 은은한 매력으로 우리 가슴을 서서히 감동시킵니다. 수수한 아름다움으로 사랑을 느끼게 하는 사람들이 많았으면 합니다.

생각의 뿌리

생각의 뿌리가 깊은 사람이 오래오래 행복할 수 있다고 해요. 잠시 성공했다가 곧 무너지는 사람은 생각의 뿌리가 약하기 때문에 진정한 행복을 찾지 못하는 것이지요. 그 무엇에도 흔들리지 않을 만큼 생각의 뿌리가 튼튼해야 행복할 수 있다고 해요. 생각의 뿌리가 곧 행복의 뿌리가 아닌가 싶습니다.

오미림

적심 통장을 만들자

 적금 통장을 몇 개 만들려고 애쓸 것이 아니라요, 우리 마음을 차곡차곡 담아 두는 적심 통장이 꼭 필요하지 않을까 해요. 사랑이 들어 있는 사랑의 통장, 누구를 위해 봉사를 했다는 봉사의 통장, 그리고 감사의 마음을 담은 감사의 통장을 만들어 보세요. 그러면 돈을 저금해 둔 것보다 마음이 훨씬 더 든든해질 거예요.

이순진 꽃

안내견 원조는 한국

　요즘 장애인 도우미 견에 대한 관심이 많아지고 있는데요, 시각장애인 안내견이 요즘만 있었던 것은 아닌 것 같아요. 고려 충렬왕 때 이런 기록이 나옵니다.

　충렬왕 때 경성에 큰 역질이 돌았어요. 역질로 부모를 잃고 자기 자신은 앞을 못 보게 된 이창이라는 시각장애인이 있었는데요, 이창은 개와 함께 살았다고 해요. 외출을 할 때 개 꼬리를 잡고 나갔다고 하는 기록이 있는데요, 이것은 시각장애인 안내견 모습과 흡사하지요.

　동네 사람들이 이창에게 밥을 주면 개는 절대로 그 밥에 입을 대지 않았다고 해요. 동네에는 이창을 정성껏 돌보는 것이 신기해서 그 개에 대한 칭찬이 자자했다고 합니다. 그 개는 의견이란 칭송을 들었는데 충렬왕에게까지 그 소문이 들어가 감동을 받은 임금이 이창에게 배불리 먹을 곡식을 내렸죠. 시각장애인 안내견의 원조가 우리나라에 있었지 않았나 싶습니다.

용기와 열정이 필요하다

새로운 일을 하려면 그리고 많은 일을 하려면 용기와 열정이 필요하다고 해요. 용기가 필요한 것은 일을 하다 보면 실패를 하지 않을 수 없는데요, 실패와 맞서 이기려면 용기가 있어야 하기 때문이죠. 그리고 열정은 그 일을 계속하게 하는 에너지가 됩니다. 어떤 일을 하다가 중도에 포기하는 것은 그 일에 대한 열정이 없기 때문이라고 해요.

진정한 용기는 실패의 위협에 좌절하거나 타협하지 않고 어떤 어려움 속에서도 다시 일어서는 강한 의지입니다. 우리 삶을 알차게 발전시키기 위해서는 진정한 용기와 아름다운 열정을 꼭 갖고 있어야겠죠. 지금부터 용기와 열정으로 최선을 다한다면 올해 정말 기적과 같은 일을 이루어 낼 수 있을 거예요.

폴 롱모어를 기억하자

장애인 인권운동가 하면 폴 롱모어를 떠올리는데요. 그는 소아마비로 두 다리는 물론 두 팔도 자유롭지 못했고 호흡도 곤란해서 호흡기를 달고 생활을 했지요.

롱모어는 「조지 워싱턴의 발견」이란 책을 집필했어요. 워싱턴 대통령이 가진 정치 의식과 대중에 비친 이미지에 대한 연구인데요, 이 책이 인기리에 팔리면서 인세를 받게 됐습니다. 그 인세 때문에 하루아침에 모든 장애인복지서비스가 중단됐어요.

롱모어는 10년의 노력 끝에 탄생시킨 책을 연방정부 건물 앞에서 불태워 버렸습니다. 연방정부의 장애인복지정책은 장애인이 열심히 일하고 싶은 의지를 꺾어 무기력한 존재로 만들고 있다는 것이 그의 주장이었습니다. 그때부터 롱모어는 장애인 인권운동가로 세상에 알려졌죠.

그는 샌프란시스코 주립대학 교수로 재직하며 역사학자로 또 장애인 인권운동가로 평생을 살다 세상을 떠났어요. 롱모어는 장애인이 자기 인생의 주체자로서 하고 싶은 일을 하며 생산적으로 살아야 한다고 주장했는데요, 그 주장이 지금도 여전히 요구되고 있습니다.

빛과 그림자는 함께한다

빛이 있는 곳에 그림자가 없어서는 안 되고, 그림자가 있는 곳에 빛이 없어서는 안 된다고 합니다. 빛과 그림자는 함께 있는 건데요. 빛만 바라보지 말고 그림자도 함께할 수 있도록 관심을 가져야겠죠.

윤주현 봄나들이